刘丙润 著

在线小说写作与商业化运营

清华大学出版社
北京

内 容 简 介

这是一本关于在线小说写作技巧的入门书，也是一本介绍在线小说获取收益技巧的书，非常适合在线小说创作新手。

通过本书，读者能够快速了解如何写在线小说、写什么类型的在线小说、怎样写出能签约获取收益的在线小说，让读者既能做在线小说创作者，也能做优秀的在线小说签约者。本书既有基础理论分析，也有在线小说 IP 获取收益维度的考量，可助力在线小说创作者通过提升写作技巧获取收益。

图书在版编目（CIP）数据

在线小说写作与商业化运营 / 刘丙润著 . — 北京：清华大学出版社，2023.10（2024.5重印）
ISBN 978-7-302-64886-4

Ⅰ.①在… Ⅱ.①刘… Ⅲ.①网络文学—小说研究—中国 Ⅳ.① I207.42

中国国家版本馆 CIP 数据核字（2023）第 209742 号

责任编辑：杜春杰
封面设计：刘　超
版式设计：楠竹文化
责任校对：马军令
责任印制：沈　露

出版发行：清华大学出版社
　　　　网　　　址：https://www.tup.com.cn，https://www.wqxuetang.com
　　　　地　　　址：北京清华大学学研大厦 A 座　　　邮　　编：100084
　　　　社 总 机：010-83470000　　　　　　　　　　邮　　购：010-62786544
　　　　投稿与读者服务：010-62776969，c-service@tup.tsinghua.edu.cn
　　　　质量反馈：010-62772015，zhiliang@tup.tsinghua.edu.cn
印 装 者：三河市龙大印装有限公司
经　　销：全国新华书店
开　　本：185mm×260mm　　　印　　张：11.5　　　字　　数：255 千字
版　　次：2023 年 12 月第 1 版　　　　　　　　　　印　　次：2024 年 5 月第 3 次印刷
定　　价：59.80 元

产品编号：102109-01

前 言
Preface

自 2015 年开始，国内在线小说写作群体呈激增态势。一方面是因为在线小说市场行情大好，另一方面是因为年轻一代的在线小说读者群体有慢慢向在线小说作者群体转变的趋势。对于在线小说行业来说，新生力量的涌入必然会带动整个在线小说市场的繁荣，再加上后期在线小说平台的两大分支——付费在线小说和免费在线小说的相互竞争，给予在线小说创作者更多的红利，让越来越多的人开始自发地走上在线小说写作这条路。

对于在线小说写作获取收益，我们应始终秉持这样一个观点：如果在线小说写作是情怀，那么写作获取收益就是帮助我们升华这个情怀的必备手段。很多人都在思考：写在线小说的目的是什么？是为了名，还是为了利？或者只是因为"手痒"？无论处于何种状态，也无论怀着怎样的初心，只要走上在线小说写作这条路，并且想有一番作为，就要明白在线小说写作的基本问题。

比如：黄金三章是怎么回事？黄金十章是怎么回事？在线

小说为什么可以分为内投和自荐签约？在线小说的基本排版、基本布局又如何？在线小说第一章应该怎样写，如何做伏笔，如何吸引读者阅读？签约的过程中有哪些注意事项？这些都是我们最应该了解的，也是最基础的内容。

本书的初衷就是帮助大家了解在线小说究竟是什么，以及在线小说应该怎样写，但只讲这些是绝对不够的。为了让大家在短期内做出成绩——写出一本令人中意的在线小说，书中增添了各式各样的正面案例和反面案例，以案例教学的方式帮助大家牢牢抓住在线小说的"命脉"。

平台的全勤奖励机制会使大部分人在开始写在线小说时就能够赚到一笔钱，每个月 600～3000 元不等，甚至会更高一些。事实上，部分在线小说创作者的起步阶段往往就是巅峰阶段，也是自己在线小说创作的终止阶段。但我们不应该止步于此，在线小说签约之后要谋求上架，上架之后更要谋求第一次推荐、第二次推荐，使利益最大化。

也就是说，在严格意义的二八分配比例中，我们要拿到其中的"二"，而不是被"八"拖下水。那如何能够做到这些呢？我在书中会给大家详细讲解。希望大家在读完本书后，能获得好成绩，但只读书还是不行的，我们要边读边练，打造自己的在线小说创作副业。

前路漫漫，大家应该努力往前走，而我所能做的，就是在关键时候扶大家一把。

刘丙润

2023 年 8 月

目 录
Contents

内容创作技巧篇

内容创作技巧篇

第1章

致普通在线小说创作者的一封信

——我们该成为怎样的在线小说创作者

在过去几年的在线小说写作教学生涯中，我总结了在线小说写作的几件憾事，这里按顺序给大家理一下。

第一件憾事：在线小说明明写得非常不错，眼瞅着就能签约上架，甚至会有更好的发展前景，却主动放弃更文；第二件憾事：在线小说明明写得非常差劲，内容都读不通，却一直想着签约后的版权问题——如何维护自己的合法权益；第三件憾事：某在线小说在稍微低一档次的平台能被签约，在稍微高一档次的平台不能签约，其实只需要稍微调整一下写作方向，就能够获取收益，作者却不自知。

凡此种种，已经体现了在线小说创作者在创作过程中的焦虑和不安，这就是本章需要重点讲解的内容：我们该成为怎样的在线小说创作者？

1.1 什么群体是在线小说高创作群体

从整体来看，在线小说创作群体可以分为三类。

第一类是学生群体，一般以高中生、大学生为主（见图1-1）。

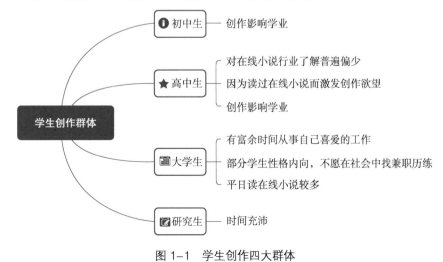

图1-1 学生创作四大群体

高中生对在线小说行业的了解普遍较少，他们之所以愿意写在线小说，只是因为读过在线小说，读的数量较多，读的时间较长，觉得自己也能当个优秀作者。"人家都可以写在线小说，凭什么我不能？"怀着这样的心态，自以为可以连续创作 3 ～ 5 本甚至 5 ～ 10 本在线小说。

现实却是几乎 100% 的在线小说创作者在高中阶段是"扑街"状态。无论怎样努力，无论怎样优秀，如果不了解在线小说平台的发展规划，不知道在线小说平台对于创作者的核心诉求，那么到头来只会白费工夫。

大学生群体就比较特殊了，因为大学生的时间相对富余，学生们会有更多的时间做自己感兴趣的事。其中一些学生性格相对内向，平日读在线小说较多，为了延续高中时代的创作梦，在大学会尝试写在线小说，这部分在线小说创作者的写作质量普遍比较高。

无论是高中生还是大学生，我们都可以给他们贴一个标签——"学生党"。

第二类是 35 岁以上的中年人。这部分群体有时间、有精力、了解在线小说行情，且能够把控在线小说的发展方向，但知识普遍过时。

有一位 45 岁的老大哥写了一本在线小说，希望我帮忙点评一下。当时付费咨询在线小说写作的标价是 299 元，我看完后直接把钱退给了他，并告诉他：这本在线小说没必要再写下去了，因为这本在线小说模仿的是 20 世纪《笑傲江湖》的文笔，甚至再往前推，有一点《水浒传》的味道。

此类在线小说，如果放在过去几十年或许会有市场，但如果指望这类在线小说在当下阶段获取收益，几乎不可能。

这类人之所以愿意写在线小说，主要是因为他们读过在线小说，而且在自己年轻的时候对于在线小说有一定的理论认知，殊不知，在过去 10 余年的时间里，在线小说创作理念早已经发生了翻天覆地的变化。

第三类是在线小说追梦人。这类人写在线小说不是为了赚钱，也不是为了获得多高的名望，只是为了写作情怀。他们只是怀着单纯的想法，希望通过在线小说把这个想法表达出来，其年龄、群体不限，可能是初中生、高中生、大学生，也有可能是五六十岁的叔叔阿姨，总之各种年龄的人都有。

这个群体有一个通病：在写作一段时间后，他们因为没有现金激励，再加上没有读者群体的认可，可能自己就放弃了，甚至坚持不到写完 10 万字（见图 1-2）。

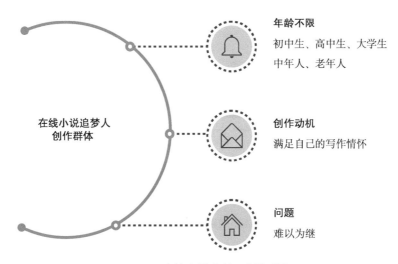

图 1-2　在线小说追梦人创作群体

如图 1-3 所示，在线小说高创作群体很努力，热爱创作，希望能够获得成绩的迫切心情是可以理解的，但找不到正确的方式方法，最终半途而废的概率也是极大的。但大家不用担心，这本书的目的就是帮助创作者摆脱或解决创作过程中遇到的问题，尽最大可能提升创作成绩。

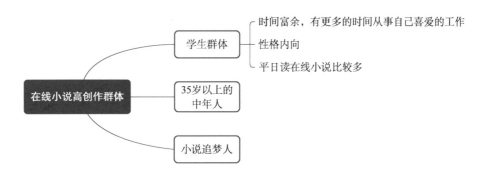

图 1-3　在线小说高创作群体

1.2　高创作群体的普遍问题

对于高创作群体来说，普遍存在创作时间段集中、以结果为导向、期望值普遍偏高、心态波动偏大的问题（见图 1-4）。针对这四个问题，一定要结合 1.3 小节"在线小说创作者的三个极端思想"合理分析。读完 1.2 节、1.3 节，我们要考虑更核心的问题：大家究竟需要成为怎样的在线小说创作者。

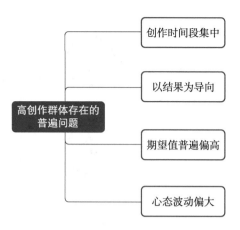

图 1-4　高创作群体存在的普遍问题

1. 创作时间段集中

这个问题一般出现在以年轻人为主的学生群体中,他们要么周一到周五有课,只有双休日得闲,或者只有寒假和暑假两个时间段能够创作,很容易出现非连续创作,针对这种情况的解决方案只有两种(见图 1-5)。

第一种是预先存稿,等自己时间充沛时再发布或者委托他人帮忙发布。尤其在申请签约前更要注意,如果签约前断更,大概率等同于直接放弃签约权限,尤其在部分中小平台,编辑根本不会看你的内容创作如何,也不会看你的写作质量高低,只会优先考虑硬性指标,硬性指标不满足,则直接淘汰。

第二种是投稿到某些短篇在线小说平台。这种情况适用于在线小说篇幅为 10 万～ 50 万字的,对于在线小说的更新时间也没有限制,只要在一定时间内完结即可,但利润有限,且与正常在线小说相比需要注意的事项更多,在此不做赘述。

图 1-5　创作时间段集中的应对措施

2. 以结果为导向

2021 年 12 月至 2022 年 4 月,我曾组建了三个在线小说社群。当时我的想法是:所有的在线小说爱好者和在线小说创作者都可以在社群里互动。一天,发生了这样一件事:

有一位大叔在在线小说领域里没什么创作成绩，但是对在线小说写作的结构框架或投稿流程研究得非常深刻，当时我希望这位大叔能讲一下在线小说创作流程，发布在我的私域社群里。可没有想到，大叔还没发表意见，周边几个学生就质疑：那位大叔写过什么在线小说？他为什么能够占用时间在群内发言？他有过什么代表作或知名作品吗？这几句话直接把大叔问蒙了。

在在线小说行业里，对于大部分的年轻人来说，都是以结果为导向的，只要你的在线小说能够在新书榜里排名前三，只要这本在线小说能够被签约，那么大家就称呼你为"大神"；相反，如果你写了一本在线小说，但长时间没有名气，那么无论你的文笔如何优秀，在他们眼中都是一文不值。这种以结果为导向的价值观往往会让我们忽视很多优秀的在线小说创作者，是一种畸形的、不健康的理念。

在线小说创作绝对不应该、也不可以以结果为导向，所有以结果为导向的在线小说创作只会走向功利化写作。

3. 期望值普遍偏高

2022 年，我的一位学生写过一本以明朝崇祯年间历史事件为背景的在线小说，属于历史架空在线小说，写作的第 1 周就被编辑发掘，且直接签约，给予每个月 1500 元的全勤奖金。可那位学生在写作了 6 个月之后，就主动断更了。我问他为什么，他告诉我：

我原以为这本在线小说能月入过万元，哪怕月入 5000 元也可以接受，但现在发现，连续 6 个月，每个月只能获得 1500 元的全勤奖金。

大部分在线小说创作者在最开始创作在线小说时，对在线小说的期望值非常高，希望通过这本在线小说能做到一书"封神"，但其实这也只是希望而已。对于在线小说期望值越高，最终放弃的可能性越大。现实情况是：几乎所有的在线小说创作者从写作第一本小说到真正能实现月入过万元或月入过 2 万元，最少需要 6～9 个月的时间。

6～9 个月也刚刚满足在线小说上架，且能够被读者订阅，一部分读者愿意打赏的临界点，只有过了这道坎，才有高额收益（见图 1-6），短期内在线小说创作是很难月入过万元的。

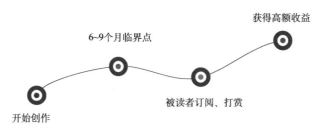

图1-6　在线小说获得高额收益的路径

4．心态波动偏大

2020年6月，我和一位编辑在网上聊到这个问题。当时那位编辑告诉我，内容创作者最忌讳心态波动大，比如连续写在线小说一个月，这一个月的时间里没有获得任何成绩，每天只是应付。可突然有一天被平台签约了，当天就如同打了鸡血一样，接下来一段时间每天能写10章甚至15章，再过一段时间又没有成绩了，就写不下去了。

创作心态波动会带来在线小说的质量忽高忽低、不稳定，这是非常危险的。在线小说开始的前100章中，哪怕只有10章的内容不稳定、质量不好，都有可能成为读者放弃阅读的关键因素。

1.3　在线小说创作者的三种极端思想

在过去几年的在线小说教学生涯中，我明显发现在线小说创作者往往存在以下三种极端思想：一夜暴富思想、一步登天思想和平台不识货思想（见图1-7）。

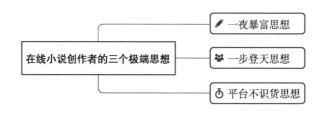

图1-7　在线小说创作者的三个极端思想

一夜暴富思想，指的是在线小说还没有写几章，就想着这本在线小说能签约，能赚大钱，分分钟实现月入万元甚至月入十万元、百万元，指望着这本在线小说刚签约就被某位粉丝打赏了几千元甚至几万元，凭借这本在线小说就能吃上一辈子，实现财富自由。

一步登天思想，指的是在线小说刚被签约，还没有来得及拿出成绩，就浮想联翩：平台会不会把我的版权拿走？将来这本在线小说拍成电影、电视剧怎么办？如果和明星一块合作，把这部在线小说改编成电影、电视剧，我能不能在镜头前露面？平台编辑是否会单独请我吃饭？我能否认识在线小说平台的高层，然后和高层有某种商业合作？

一个连走路都不稳的人突然想象自己将来能跑、能跳、拿到好成绩的时候该如何如何，明显是不现实的。在线小说创作绝不可能一步登天，我们需要制定目标，一步一步往前走。

平台不识货思想，指的是一些人极端自负，自认为在线小说写得不错，自己的在线小说明明已经达到上架的标准了，可平台一直回复说再等一等，便认为平台在搞暗箱操作，一定有人走后门，抢走了自己的名额，甚至因为自己没有在平台上拿到成绩，便直接指责平台的编辑和评委无识人之明。

在这里，我可以相当负责任地说：平台走后门这种情况在理论上基本不会发生，当然也不排除有一些在线小说创作者第 1 本在线小说创作的质量非常不错，第 2 本在线小说便以内签的方式直接签约，对这种特殊情况暂且不予考量。

这是因为平台编辑会有对应指标，对于平台编辑来说，推广爆款在线小说带来的直接效益要远超过推荐数本普通在线小说带来的收益。况且，一位编辑持续挖掘不出优秀在线小说作者，对这位编辑来说也是一大损失，所以平台走后门的可能性相对偏低，创作者无法拿到高收益的更大可能是在线小说本身质量不好。

1.4　该以怎样的心态创作在线小说

对于在线小说创作，我有三字诀窍，即稳、准、狠（见图 1-8）。

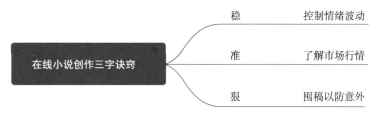

图 1-8　在线小说创作三字诀窍

稳是第一要诀。

在线小说在创作的过程中要保证胜不骄败不馁。遇到一位"土豪"读者打赏了1000 元钱，甚至打赏了 1 万元钱时，你要迅速调整心态，明白这只是偶然事件，否则接下来若三五个月没有读者打赏，你就创作无趣了，导致不再更新，这样受损失的只能是自己。

创作的在线小说投到某个平台上，多次被拒绝，倘若编辑告诉你这个地方需要修改，那个地方也需要修改，你都要耐住性子去修改内容。与其指责平台不识货，埋怨上天不公，还不如静下心来仔细修改内容。

准是第二要诀。

知乎或网易偶尔对外推出轻在线小说征稿，且征稿能获得收益；起点中文网对玄幻题材扶持力度最大，对轻在线小说扶持力度较小；一些不入流的在线小说平台每月给出的全勤奖补贴最多 12 元。针对这些情况大家会怎么做？可能很多小伙伴会改变创作方向，改在某一个平台创作或者不在某一个平台创作。

平台创作有很多潜规则和暗规则，比如校园暴力或者校园恋爱话题不要碰，恐怖灵异相关话题也不要碰，涉及封建迷信或民俗文化在理论上不可能过审，在写作过程中禁止出现真实的人名、地名，在线小说创作之前准备的封面要避免版权问题。

我们需要的就是准，最起码在在线小说创作前对于在线小说市场的整体行情能有大致了解：什么题材的在线小说受众面广，什么题材的在线小说受众面窄？签约之前应该做哪些准备？从签约到上架有哪些流程？只有先了解这些，才能事半功倍。

狠是第三要诀。

我们做一个假设：如果你今天高烧 38.5 摄氏度，平台却突然催促你今天必须完稿两章，否则全勤奖就没有了；如果你正在谈恋爱，女朋友告诉你，搞一次外地游，旅游 7～10 天，这 7～10 天里，你压根儿没办法创作，你该怎么办？

我们不是说在线小说创作要泯灭人性，拼了命也要搞创作，大可不必。生命安全永远放在第一位，家庭幸福也永远放在第一位，但如果我们从另一个角度出发，也许会得出不同的结论：在线小说是不是我们的事业？

既然是事业，就需要做好准备，最起码要提前做好准备。在在线小说行业中，部分在线小说创作者动辄囤稿 30 章、50 章甚至 100 章，那是常有的事，而之所以囤如此多的稿子，就是为了应对种种意外。

按照一篇稿件 2200 字计算，如果你希望在在线小说领域有所成绩，我个人建议最少存稿 10 章，因为 10 章是工作日日更两章的标准，也就是 22 000 字。如果连这一点都做不到，那非常抱歉，在在线小说创作这条路上你很难拿出实打实的成绩来。

"稳准狠"三字要诀既要求我们心态平和，也要求我们聚焦，更重要的是创作要竭尽全力，克服大多数困难，以在线小说创作为自己的创业根基，对创业赋能——赋予更高的使命感和责任感，只有这样，在线小说创作才能够成功（见图 1-9）。

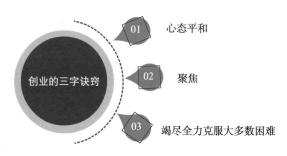

图 1-9　创业的三字诀窍

以"写着玩"的心态写在线小说，认为自己能行就行，不行就不行，那最终一定不行。在写之前要摆正心态：这本在线小说是我创作的第一本在线小说或第二本在线小说，我一定要把它写好，因为这是我的事业。大家一定要先从心态上改变自己，然后从行动上改变自己。

从 2021 年开始，我已经连续两年不断地告诉学员，想写出一本优秀在线小说必须聚焦，如果不聚焦，那么离成功就会很远；想要把在线小说推荐给平台就要有一个好定位，最起码你得明白自己这本在线小说究竟朝着哪个方向写，对接的是哪位编辑，这本在线小说在同类型在线小说中是否具备优势。

写作过程需要克服一些困难，如规避平台的风险。你要明白在线小说第一章和在线小说前三章出现哪些情况有可能会被平台拒签，这样就可以巧妙规避这些风险。

1.5　我们该成为怎样的在线小说创作者

对于在线小说创作的注意事项和规范，在本书的后半部分会详细解读，在本小节我只告诉大家我们应该成为怎样的在线小说创作者（见图 1-10）。

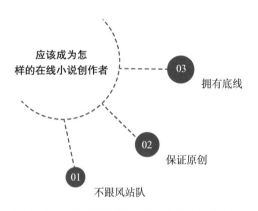

图 1-10　应该成为怎样的在线小说创作者

1. 不跟风站队

在线小说平台能够拿出的资源极其有限，各大在线小说网站的优质在线小说创作者中，排名前 10 的，可能 3 年、5 年都不会有变化，就那么几位。资源有限，竞争激烈，就会导致"内卷"，各种小道消息也都会扑面而来。

不要相信关于顶尖在线小说创作者的流言蜚语，也不要讨论相关的负面信息。这些内容对于刚刚入门的在线小说创作者来说实在是毫无用处。

2.保证原创

所谓原创，就是绝对不能抄袭（见图 1-11）。

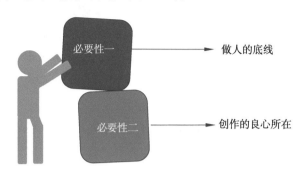

图 1-11　在线小说原创的必要性

我的一位学生投稿给某个在线小说平台，但第二天直接被拒绝了，之后的投稿都被拒绝了。原因其实很简单，就是存在抄袭行为。

做在线小说也好，做自媒体也好，凡是发布与文章、视频、直播相关的内容，只要被贴上抄袭的标签，就很难摘掉了，保持原创既是我们做人的底线，也是我们创作的良心所在。我们不能把别人辛辛苦苦创作的内容直接占为己有。

3.拥有底线

一些在线小说创作者会抱怨：从 2015 年开始，小说开始逐步走向规范化，对于内容创作者的要求也越来越严苛。从之前偏灰色、偏黑色内容打马虎眼获得流量，到现在的中规中矩、创作比拼创新，在线小说平台经历了一系列的迭代升级。这自然会导致一些在线小说创作者吐槽、抱怨，甚至有极端在线小说作者会抨击、抹黑某些在线小说平台。

但在这里，我得客观说几句：在线小说读者群体偏年轻化已经是既定事实，初中、高中生受益于现在手机、平板、电脑的普及，早已阅读过大量的在线小说，如果不能严格把关在线小说，在这些孩子没有成年，价值观念尚没有完全建立时就迎来大量的灰色或黑色的网络文学的冲击，带来的恶劣影响难以想象。所以小说平台或部分在线小说创作者提出加强小说的审核，规范审核制度，是有必要的。

我们在创作的过程中要保证基本的底线和良知，绝对不能出现对青少年正确价值观的形成有毒害的内容。

第2章
在线小说写作前三要素
——扫榜、定位、规避

从本章开始，本书进入在线小说写作的技巧性教学环节，目的是通过本章及其后的章节帮助大家在短期内快速提升在线小说成绩。本章主讲写作前三要素：扫榜、定位、规避。其中的重中之重，就是扫榜。

2.1 我们为什么需要扫榜

扫榜的目的是学习其他优秀在线小说创作者的作品。

扫榜的目的优势有三（见图2-1）。

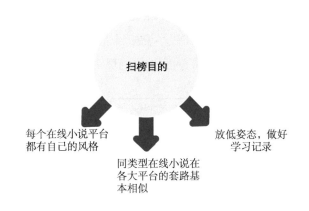

图2-1 扫榜的三大目的

其一，每个在线小说平台都有自己的风格。

我的很多学生投稿到某些在线小说平台时往往遭遇碰壁，平台的反馈是：非常抱歉，您的创作更偏向于某平台的风格（见图2-2）。

换句话说，部分平台编辑在评判在线小说能否被签约时，的确存在格式化或模板化、套路化行为，但我们没有办法改变在线小说平台的行事风格，我们能改变的只有自己，我们要改变，尽可能贴合某一个在线小说平台的风格。

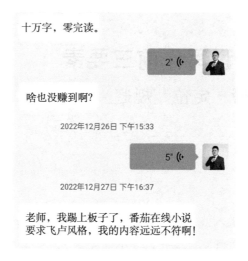

十万字，零完读。

啥也没赚到啊?

2022年12月26日 下午15:33

2022年12月27日 下午16:37

老师，我踢上板子了，番茄在线小说
要求飞卢风格，我的内容远远不符啊！

图 2-2　反面案例讲解

其二，同类型的在线小说在各大平台上的套路基本相似。

在线小说的创作风格各有差异，不同平台对于在线小说的创作要求也有所不同，但在当下阶段，主流或者套路化的写作是极其相似的。

比如玄幻领域的在线小说主打破关斗法，无非就是那么几个等级关卡以及跨等级作战；而都市类型的在线小说主打爱情，要么是穷小子爱上俊姑娘，要么是灰公主爱上白马王子，然后中间有人横插一杠子，当然都市领域的内容比较特殊，可能涉及灵异、江湖、武功等相关的内容；游戏领域的在线小说相当于用故事代言游戏，要么是主角穿越到游戏场景中，要么是把游戏场景中的内容外放到现实世界中（见图 2-3）。

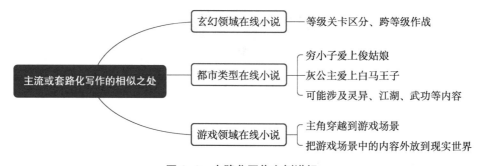

图 2-3　套路化写作案例讲解

其三，放低姿态，做好学习记录。

这一点其实是最重要的。很多小伙伴在写在线小说之前，就幻想着自己要怎样怎样，马上就能一书"封神"，这种想法是不切实际的。

在这里我得告诉大家：几乎所有人的第一本在线小说的巅峰水准只能是被签约，拿全勤奖而已，一个月能拿到 3000 元就不错了。这是很残酷的一件事，在线小说从最开始的创作到一书"封神"，大概需要 2 ～ 3 年甚至 3 ～ 5 年。

在 2.2 节中，我会详细地告诉大家在线小说该如何扫榜，所有能够上榜的在线小说都有一技之长，都值得我们学习。

2.2　扫榜速成法——在 20 分钟内扫完一本书

首先你要明白在线小说扫榜扫的是哪个榜。以起点中文网为例，我们打开榜单时会发现有月票榜、畅销榜、阅读指数榜、书友榜、推荐榜、收藏榜、更新榜、VIP 收藏榜以及签约作者新书榜、新人作者新书榜、公众作者新书榜、新人签约新书榜、女生精选榜、女生月票榜等一系列榜单（见图 2-4）。

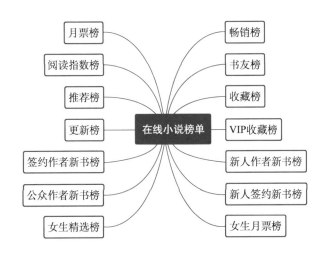

图 2-4　在线小说榜单类目

在这些榜单中，原则上只有极少数具备参考价值，这里说的"具备参考价值"需要满足三要素（见图 2-5）：

其一，能代表过去 3 ～ 5 年以及未来 3 ～ 5 年读者的口味；

其二，在某一类目中具备超高影响力；

其三，榜单数据不能且绝不可以出现造假情况，或者造假代价极高，大部分作者无法触及。

其中，第三点是最重要的。

图 2-5　有参考价值榜单三要素

以早些年的某平台为例，个人只需要花 150 ～ 300 元就可以轻松冲刺"新人作者新书榜"的前 20 ～ 30 名，如果一个月花费 1000 元，甚至可以"霸榜"1 ～ 3 天。可是，这样的榜单没有任何意义。通过极小代价让在线小说出现在榜单前 3 名或前 10 名中，阅读这样的在线小说，不会给我们的在线小说写作带来任何帮助。

真正有价值且数据不会被轻易造假的榜单是畅销榜或某些平台的价值营销榜，因为这些榜单是实打实的数据，代表着某些作品当日、过去 1 ～ 3 日、1 ～ 7 日、1 ～ 30 日的真实排名。

也许有人会问：

这样的数据就不会被造假吗？有没有被造假的可能呢？

可能是有的，但如果对这样的数据造假，就意味着砸钱。别的平台砸 10 万元，该平台可能得砸 20 万元、50 万元甚至 100 万元。除了某些特殊情况（比如榜二追榜一或霸榜），绝大多数平台对外展示的畅销榜数据都是真实可信的。

那如何扫榜呢？在这里，给大家介绍扫榜五步法（见图 2-6），可帮助大家在 20 分钟内扫完一本书，在 2 ～ 3 天扫完同一类目最具市场价值的大部分书籍。

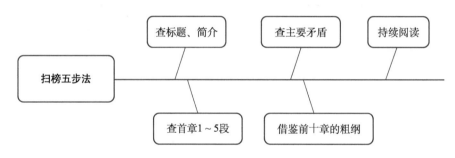

图 2-6　扫榜五步法

第一步，查看该在线小说的标题和简介。

对于标题，目前在线小说平台呈现两种极端化倾向，各大平台都有自己喜欢的调性。一些平台要求在线小说的标题中规中矩，一般以三四字短语或多字短语为主，比如《山人行》《幸福在家里》。

也有一些平台的在线小说的标题更偏向于搞怪、"整活"、有趣，以吸引读者阅读，比如《家师太彪悍》《这修仙游戏也太诡了！》。我们要先找到自己想投稿的在线小说网站，然后查看畅销榜单，从该榜单中找到在线小说类目。扫榜最先做的是查看在线小说的标题和简介。此时我们需要准备一个文件夹，可以是纸质版的，也可以是电子版的，用于汇总和记录不同在线小说的标题和简介（见图 2-7）。

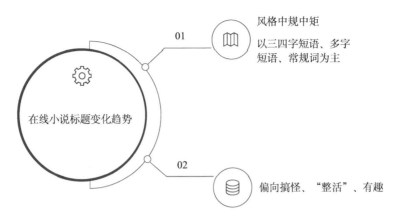

图 2-7 在线小说标题变化趋势

第二步，查看该在线小说的第一章第 1 ~ 5 段。

在线小说阅读领域有一个专有名词，叫"跳出率"。一般针对在线小说第一章、前三章、前十章内容，如果该部分不能吸引读者阅读下去，读者就会"跳"出来——放弃阅读该在线小说。如何提高读者的阅读兴趣，减少跳出率，就成为在线小说创作者关注的焦点。本书将在后面以几节大课的形式展开，即黄金一章、黄金三章和黄金十章该怎样去写，此处略去不表。

查看在线小说第一章的 1 ~ 5 段，这主要是因为部分在线小说创作者为了吸引读者阅读，会单独设立小剧情、小角色，具有可借鉴之处。这些内容往往具备以下三大特点：有可读性，具吸引力，趣味性强。

值得注意的是，有可读性指的是内容言之有物，有价值，行文流畅，不会让读者感到生涩。而具吸引力并不完全等同于趣味性强，趣味性强偏向于让读者感到有趣，具吸引力则更偏向于以喜、怒、忧、思、悲、恐、惊引发读者共鸣，让读者欲罢不能（见图 2-8）。

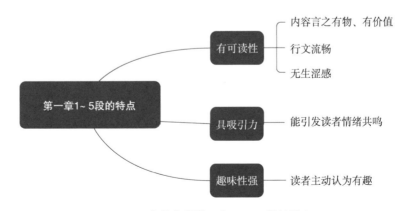

图 2-8 在线小说第一章 1 ~ 5 段的特点

第三步，查看主要矛盾的起承转合。

这属于在线小说写作的特有结构，绝大多数在线小说在内容组织上会优先构造主要矛盾，这个矛盾被称为"爽点"。一本在线小说能否被签约，重点依托于爽点能否吸引编辑、读者、平台。部分在线小说写作导师也会把在线小说第一章的前500字能否出现爽点，当作能否被签约的关键因素。

实事求是地说：开篇第一章能够出现让读者不反感且能读得下去的爽点成为被签约的关键因素。本书不主张只强调前500字出现爽点，否则会出现为了构造爽点而构造爽点的尴尬情况。

第四步，借鉴前十章的粗纲。

我们很难找到某本在线小说的大纲，因为我们不是该在线小说的内容创作者，无法得知内容创作者在写这本在线小说时究竟用了怎样的大纲，究竟做了怎样的表述，究竟有怎样的人物性格分析。但是通过阅读该在线小说简介，了解其大致脉络还是可行的。在线小说的大致脉络被称为粗纲，它有利于我们反推编辑的心理。比如：编辑为什么会签约这本在线小说？这本在线小说的大纲有哪些闪光点？它们是如何让编辑感到惊艳的？

第五步，持续阅读10～20本在线小说。

绝大多数"萌新"初写在线小说时很难找到网感。什么是网感？

在线小说的主要角色在关键时刻说的一句话应该怎样表述？

主要角色在关键时刻做的一个关键动作应该怎样呈现？

这些全是网感，创作者网感的好与坏往往会让在线小说在表达上出现大波动，我们需要尽可能提升网感。作为一个"萌新"，如果准备下个月开始写在线小说，然后在一个月的时间里狂补在线小说写作知识、在线小说写作技能，也许对自身的写作能力有所提升，但对网感提升却没太大用处。不过学会主动扫榜，对有意向的在线小说类目持续阅读10～20本，网感会提升得更快一些。

2.3 扫榜总结法——把扫榜的内容写成书

这里先声明一点，扫榜总结法是把扫榜的内容写成书，而不是把扫榜的内容复制成书。也就是说，人家写得好你可以借鉴，但不能说人家写得好你就去抄袭。

把扫榜的内容写成在线小说，建议你采取四个步骤（见图2-9）。

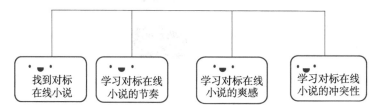

图2-9 把扫榜的内容写成在线小说的步骤

第一步，找到对标在线小说。

我举个简单案例：

假如你想写一本玄幻在线小说，准备投到起点中文网，可按照 2.2 小节讲的扫榜五步法，连续阅读 10 ～ 20 本在线小说，找到最符合自己定位或创作方向的 2 ～ 5 本，原则上在线小说越少越好，但要大于两本，做到前后能对照。

第二步，学习对标在线小说的节奏。

一本在线小说的节奏有三种，分别是主线、支线以及活动关卡。主线是在线小说从头到尾一直坚持的目标，或者从第一章到数百章甚至数千章的主要任务，比如：

主角的父母离奇去世，那么主角在前一千章或者前两千章的主要任务就是找到杀害父母的真凶，这是主线内容；同时某个学院向主角发送邀请函，希望主角能够去该学院努力学习提升自己的战斗本领，这属于支线内容；主角在前往该学院的途中突然遭遇一团迷雾，进入迷雾后获得某些宝物，这属于活动关卡。

一般活动关卡在 5 ～ 20 章，支线任务卡在 50 ～ 100 章，但不做强制要求。不同在线小说有各自的行情，这属于一本在线小说的节奏问题，而节奏是由创作者掌控的。作为入行的新手，如果不懂在线小说节奏，就要找好对标在线小说，看看人家的在线小说节奏是如何安排的（见图 2-10）。

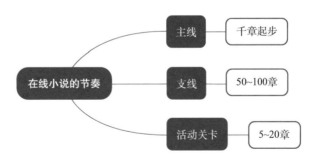

图 2-10　在线小说的三大节奏

第三步，学习对标在线小说的爽感。

什么叫爽感？通俗来讲：要让读者读起来酣畅淋漓，有阅读快乐。这种爽是一种情绪表达，举个简单的反例：

比如主角从最开始就窝窝囊囊，什么事都没干成，还到处蹭吃蹭喝，被别人戳脊梁骨。读者在阅读的过程中是有代入感的，这个时候读者就会想：我为什么要读这么窝囊的主角故事？读着读着，好像自己都有负罪感了。这样令人沮丧的在线小说不读也罢！

一本在线小说无法给读者带来爽感是最糟糕的事情，会被编辑定性为无法获得市场收益资格。那一本在线小说如何能给读者带来爽感呢？很简单，要让主角爽，只有主角爽，读者才会爽（见图2-11）。

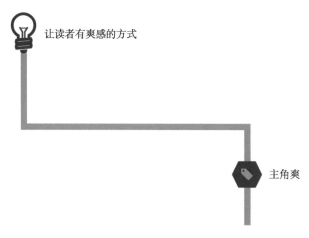

图2-11 让读者获得爽感的方式

第四步，学习对标在线小说的冲突性。

如果一本在线小说主要人物发展得顺风顺水，便是缺乏冲突性。下面以一本都市情感在线小说为例进行说明：

主角李某，一辈子顺风顺水，没有经历过任何矛盾和挫折，一出生就含着金汤匙，到6岁，爸爸妈妈就说了，给他30万元随便花；到20岁，爸爸妈妈又说了，给他3亿元随便花；等到他60岁的时候，父母也老了，在临死之前说，没给孩子留下什么遗产，只有4个金矿让他随便花。

首先，该在线小说从立意上讲只是在单纯炫富，毫无艺术价值可言；其次，缺乏可读性，因为，这种没有经历过任何挫折，甚至和别人没有发生过任何矛盾的人生，是不可想象的，太不真实了。优秀的在线小说不能这样写，因为没有冲突（情节）就没有读者捧场，没有读者捧场就没有收入来源，所以在在线小说创作中要刻意制造冲突，这是签约上架的标准之一。

当做好这些功课之后，把扫榜的内容写成在线小说，似乎也就没有那么困难了。当然，这只是大致的发展方向，真正想写好一本在线小说有很多注意事项，写起来也困难重重，但你不要担心，本书的目标就是解决这些问题。

2.4　在线小说五步定位法——领域、人物、人设、主题、矛盾

扫完榜之后，我们迫切需要对在线小说做定位。与其说对在线小说做定位，倒不如说对写在线小说的作者做定位。我们究竟想写什么领域的在线小说？这成为至关重要的一环。

我把在线小说分成八类，每类在线小说又有各自的类目范围，分别是玄幻在线小说、都市在线小说、历史在线小说、军事在线小说、体育在线小说、同人在线小说、游戏在线小说和灵异在线小说（见图 2-12）。

其中，玄幻在线小说内容庞杂，包括东方玄幻、异世大陆、王朝争霸、高武世界，奇幻在线小说中的现代魔法、剑与魔法、史诗奇幻、神秘幻想，武侠在线小说中的传统武侠、武侠幻想、国术无双，仙侠在线小说中的修真文明、幻想修仙、现代修真、神话修真，科幻在线小说中的古武机甲、未来世界、星际文明、超级科技、时空穿梭、进化变异、末世危机。

都市在线小说包括爱情婚姻、都市生活、都市异能、艺术超能、青春校园、娱乐明星在线小说，以及现实在线小说中的时代叙事、家庭伦理、女性题材、青年故事、社会悬疑、人间百态。

历史在线小说包括中国各朝代传统历史在线小说以及架空历史在线小说、民国历史在线小说和外国历史在线小说。

军事在线小说包括军旅生涯、军事战争、战争幻想、抗战烽火、谍战特工在线小说。

体育在线小说包括篮球运动、足球运动、体育赛事以及其他类型的运动在线小说。

同人在线小说包括所有利用原有漫画、动画、在线小说、影视作品中的人物角色、故事情节或背景设定等元素进行的二次创作在线小说。

游戏在线小说包括电子竞技、虚拟网游、游戏异界、游戏主播在线小说。

灵异在线小说包括诡秘悬疑、奇妙世界、侦探推理、探险生活、古今传奇以及都市在线小说中的交叉选项（都市异能和社会悬疑）。

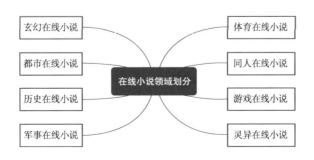

图 2-12　八大在线小说领域

对于在线小说的领域区分，下面做两点额外补充：

在线小说的领域是以起点中文网的在线小说领域做区分的。在所有的在线小说网站中，起点中文网的分类最全，介绍也最为详细，所以本书对起点中文网中的部分类目做了简单整理和汇总。

玄幻在线小说涵盖的类目非常多。这里并不是说玄幻在线小说包括科幻在线小说、奇幻在线小说，而是基于讲解方便而将其暂归一大类，即我们接下来在讲解在线小说领域分类及优劣势的时候，对于与玄幻在线小说相近的科幻在线小说、武侠在线小说都放在同一类目中做讲解。关于写作过程中的注意事项，不同题材的在线小说都相差不多，为了避免赘述，我们暂且将其归到一组。

定位完领域，我们需要给在线小说的主角起名字，也就是人物名称。先给大家展示一组名字，我们看看这组名字中哪个更适合在线小说的主角。

A：李二狗 B：王钢蛋 C：张亚 D：刘子强 E：徐佳露
F：李馨妍 G：任妱玫 H：王饕餮 I：李魅魍

先按顺序分析一下，A、B、C、D 4个选项中的名字更通俗易懂，但A选项比B选项更具备趣味性，C选项更像女性名字，D选项中规中矩，所以A、B、C、D 4个选项中最适合当主角名字的是A选项和B选项。主角最好有另外的名字，可将"二狗"和"钢蛋"当作主角的诨名，以活跃气氛。

把E选项、F选项和G选项当作在线小说中的主角名称会有一点阻力，尤其是F选项中的"馨"和G选项中的"妱"，部分读者可能不认识。我们要考虑读者群体中35～55岁的壮年和中老年人的平均学历，以及部分中小学生的认字水平，如果名字太过生涩，对于人设的推动难度极大；此外，男生频道在线小说中不建议主角名字偏女性化。

对于H选项和I选项则可以完全忽略，因为，认识这4个字的人相对少一些。所以，我们能得出一条结论：在线小说起名字艺术性较强，名字要做到通俗易懂、有趣味性，能够在在线小说写作过程中起到人设推动作用，且男性要起男性名字，女性要起女性名字，不可交叉取名。

在线小说主角名字起完后，我们需要对在线小说主角的人设下定义。假如李二狗为在线小说主角，那么他的人设是什么？人设无非有四种，四种又可归到两大类行为中：第一类是激进的、勇敢的；第二类是懦弱的、猥琐的（见图2-13）。

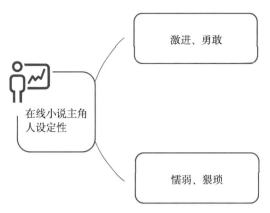

图 2-13　在线小说主角两大设定

举个简单的案例：

A. 李二狗遇到困难后，第一时间指着对方的鼻子"问候"其家人，然后为了保护朋友，拼命三郎般往前冲。

B. 李二狗遇到困难后，第一时间掉头就走，头也不回地对几个朋友说："我去后面给你们探探路，前面你先顶一下。"

根据市场行情，激进、勇敢类型市场的受欢迎度不如懦弱、猥琐市场的受欢迎度，但懦弱、猥琐型不是一味懦弱、猥琐，而是通过懦弱、猥琐的方式表现在线小说人物的喜感，他们在关键时刻也会硬着头皮保护家人。

这两类又可以做进一步细分，主角是善良的还是理性的？这两种行为都很容易走向极端：如果主角人设太过善良，就有可能被读者判定为圣人，之后就不愿意阅读了；如果主角人设太过于理性，就会被读者标记为冷血，也不愿意阅读。所以，我们需要对主角的善良与理性做个折中，万不可走向任意一个极端。

主角人设确定后，我们需要对在线小说矛盾做定性要求。在线小说矛盾描写在下文会重点讲解，这里先做个简单铺垫：可以把在线小说矛盾归类为人与人的矛盾、人与环境的矛盾、环境与人的矛盾、环境与物的矛盾、人与物的矛盾。

我们需要明确：一本在线小说如果没有矛盾，就没有写下去的必要，矛盾是吸引读者阅读的"药引子"，通过读者希望看到在线小说创作者解决矛盾的心态来维系阅读量。我们可以把矛盾当作一次又一次的危机，或者一次又一次的关卡，在线小说没有矛盾就如同没有故事情节。

通过在线小说五步定位法（见图 2-14），我们可以更加明确要创作什么样的在线小说。

图 2-14　在线小说五步定位法

2.5　在线小说第一章如何规避被拒签风险

本书第 5 章和第 6 章会详细讲解黄金一章及黄金三章的写作框架和注意事项，而本小节主要讲解如何规避被拒签风险，重点针对扫榜和定位后出现的问题做分析（见图 2-15）。

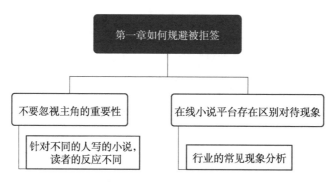

图 2-15　第一章规避被拒签风险办法

在写在线小说第一章时，千万不要忽视主角的重要性。当然，也有例外。一些小伙伴在扫榜后，尤其是读了某些大咖写的在线小说，就会发现人家的在线小说非常有深度、有内涵且奇特，甚至在在线小说前两章都没有出现主角的前提下，仍然能够有1 万 、5 万甚至 10 万的粉丝阅读。之所以出现这种情况，是因为这位创作者自带 IP 或自带粉丝。请看下面的事例：

印象最深的是 2018 年，当时与我合作的一位在线小说导师对某本在线小说做内容测评。几乎所有的读者都认为这本书没有市场发展前景，很难成为爆款，但当导师告诉大家这本书是某个著名作者写的时候，所有人都恍然大悟，那没问题了，这本书一定能成为爆款。

　　要注意，不同的人写相同题材的在线小说，读者的反应是截然不同的。有些人能本本"封神"，是因为读者在读这本书之前就已经有了期待，他们就认为这本书一定更精彩，所以宁肯前两章食之无味，从第三章读起也要把这本书读完。而对于另一部分"萌新"作者来说，读这本书第一章不明所以，读第二章不知讲的是什么，指望着第三章的时候能够出现大爆款，不好意思，这类读者群体已经跑掉了。

　　此外，在线小说平台也存在"戴有色眼镜看人"的情况，准确地说部分行业也是如此。比如，内容创作者在在线小说前三章里出现不文明用语，给编辑留下了极差印象，再加上某几个字表达不当，就很有可能被拒签。而对于另一部分创作者，即便出现这样的一些内容，编辑也会睁一只眼闭一只眼，只要无大问题，面子上说得过去，审核方面没有过多硬性错误，还是非常愿意签约的（见图 2-16）。

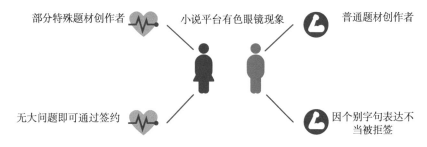

图 2-16　在线小说平台区别对待现象

第3章
现存在线小说领域分类及优劣势讲解

前面第3章已经讲过在线小说的领域分类问题，为了实现效益最大化，以及让在线小说作者更快找到对标的在线小说领域，我们把所有的在线小说领域统一归类为玄幻、都市、历史、军事、体育、同人、游戏、灵异八大领域。在本章，将重点讲解这八大在线小说领域的优势和劣势。

3.1 玄幻类目优劣势分析

本书把仙侠、武侠乃至科幻在线小说都统一归类到玄幻在线小说中，这并不是说仙侠、武侠和科幻在线小说就是玄幻在线小说，而是因为这四类在线小说目前市场的优势和劣势基本相同，且没有太多的补充点和注意事项，所以我们以玄幻在线小说为例，详细讲解玄幻在线小说的优势和劣势。

玄幻在线小说的优势如图3-1所示。

图 3-1　玄幻在线小说的优势

优势一，利润最高。

在所有的在线小说类型中，玄幻在线小说是个大帮派，如果我们对其他在线小说都可以以利润高或利润低做评定，唯有对玄幻在线小说不能，因为它的优势是利润最高，一个"最"字就能够体现出目前玄幻在线小说在市场上占据的普遍优势。在各大平台上，以飞卢、纵横、起点在线小说平台为例，能够给予的签约奖金中，玄幻在线小说占据的比例最大，无论从平台编辑还是从读者群体的角度分析，他们都更愿意为玄幻在线小说买单。

优势二，覆盖范围广。

在所有的在线小说中，玄幻在线小说是最难被定义的，几乎任何一本在线小说只要出现了与玄幻相关的素材或片段都可以被定性为玄幻在线小说。这就为玄幻在线小说打下了很好的观众缘，你喜欢读玄幻在线小说，我也喜欢读玄幻在线小说，当大家都默认喜欢读玄幻在线小说时，就会给平台、编辑，甚至给作者更好的良性反馈，从而推动这一部分创作者创作出更多、更好的玄幻在线小说。

优势三，演变类型最多。

我们先粗略地讲一下什么叫玄幻在线小说？可以简单地概括为这类在线小说具备一定的幻想元素——科学无法解释的现象或情节，且拥有某些特点和写作套路，准确地说，玄幻在线小说没有绝对意义上的必须怎样去写才能符合相关在线小说规范，它比都市在线小说更具备想象空间，比历史在线小说更加灵活（见图 3-2）。

图 3-2　玄幻在线小说与历史在线小说、都市在线小说

早期的玄幻在线小说可以概括为集玄学、科学以及文学于一身的文学作品，这也是本书在讲解玄幻在线小说的过程中，会把科幻在线小说、武侠在线小说、仙侠在线小说也归类到玄幻在线小说中的重要原因。

优势四，创作难度低。

之所以说玄幻在线小说创作难度低，是因为在大部分从读在线小说转入写在线小说的作者群体中，受影响最大的就是玄幻在线小说。对这一点虽拿不出具体数据，但我在过去 2～3 年的在线小说教学生涯中，很容易得出对比数据。好多小伙伴写的第一本在线小说是具备玄幻风格的。我问他们为什么会写玄幻风格的在线小说，他们很直接地告诉我：因为自己读的第一本在线小说就是玄幻风格的在线小说。

优势五，可借鉴度高。

在玄幻在线小说的顶尖内容创作者中，无论是唐家三少还是我吃西红柿、烽火戏诸侯，他们都有完整的获取收益模式，而对这种模式，我们完全可以借鉴。说得再直白一些，在线小说创作者在写出一本顶尖在线小说后，就需要公域转私域，即运用公众号打造自媒体账号，之后走向 IP 发展之路。这一整套的获取收益模式是完全可仿制的，唯一不能仿制的是打造出一本顶尖玄幻在线小说。

玄幻在线小说的劣势如图 3-3 所示。

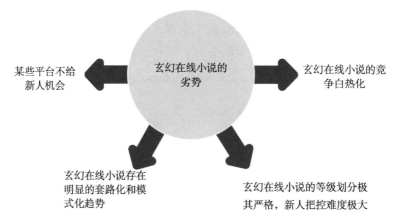

图 3-3　玄幻在线小说的劣势

辩证法告诉我们，任何事物都有两面性，就像硬币一样，有正面就有反面，有好处就有坏处。玄幻在线小说优势多多，劣势同样也不少。

劣势一，某些平台不给新人机会。

去年，有一位大平台的编辑告诉我，他们在 6～9 月份不再接受新人写的玄幻在线小说，除非特别优质的在线小说或老作者投稿。为什么不再接收？因为那段时间在线小说创作者非常多，尤其是初中生、高中生和本科生，他们在寒暑假期间爆发式的创作（量虽大，但质量参差不齐）大大挤压了新人的创作机会，大多数的平台编辑愿意把这部分机会留给之前有过合作或者打出过成绩的在线小说创作者也在情理之中。

劣势二，玄幻在线小说的竞争白热化。

玄幻在线小说不尊重新人或者压根儿不给新人机会，其主要原因还在于写玄幻在线小说的大部分是"大神"，而在"大神"面前"小白"作者的作品几乎没有任何可比性。"小白"们把作品往网上一放，连被推荐的资格都没有，就算被推荐，读者也会指指点点、说三道四，因此新人写玄幻在线小说很难出头。

劣势三，玄幻在线小说存在明显的套路化和模式化趋势。

新人想在玄幻在线小说领域出头，需要写出独具特色的玄幻在线小说，但目前主流的套路模式已经固化，且固化的这部分套路模式是读者最喜欢的，如果写有新花样的玄幻在线小说，未必能吸引读者；而写套路化的在线小说，又有一定概率被平台认为复制抄袭，两头不讨好（见图 3-4）。

图 3-4 新人写在线小说有新花样与套路化风险分析

劣势四，玄幻在线小说的等级划分极其严格，新人把控难度极大。

这里的等级划分是指玄幻在线小说本身的等级划分，几乎所有的玄幻在线小说都要对其中的主要人物或主要角色做等级划分，比如天、地、人，或者初阶、中阶、高阶，而这些等级划分如果出现误差，或者主要角色以弱胜强频繁跨阶作战，就会给读者食之无味的感觉。

另外，科幻在线小说中的部分劣势和玄幻在线小说中的部分劣势略有不同，接下来额外补充科幻在线小说的劣势（见图 3-5）。

图 3-5 科幻在线小说的劣势

劣势一，需要具备足够多的知识。25 岁或者 30 岁以下的人很难掌控科幻在线小说。什么叫科幻在线小说？我举个简单案例：

比如一个人前脚走出门去，只需要两秒钟就能够到达地球的另一边，那么他是如何做到这一点的？是时空穿梭、时空隧道，还是虫洞理论？科幻在线小说需要具备科学幻想元素，也就是说所有的幻想都应该基于科学本身，而科学的难度可想而知，不是"小白"们边写在线小说边储备资料那么简单，需要大量的知识储备。

劣势二，由繁就简的写作模式。

科幻在线小说最核心的问题是把复杂问题简单化，比如宇宙形成源于一场大爆炸，比如某些高精尖武器的研制与某项实验有关。对于未来科技的发展，我们要敢于推测并做大胆预估，还得有依据。以一种简单的方式教学，让读者能够看得明白、读得懂，这是很费工夫的，需要大量的知识储备。

3.2　都市类目优劣势分析

都市在线小说目前可以简单分成两类，分别是普通都市在线小说和都市异能在线小说。其中，普通都市在线小说又可以细分成两个小类，分别是都市生活在线小说和都市总裁在线小说。常规的都市在线小说可以分成三类，分别是都市异能、都市生活和都市总裁（见图3-6）。

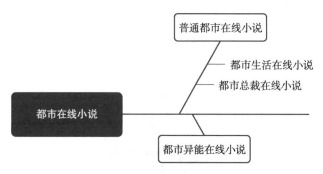

图 3-6　都市在线小说分类

上述都市在线小说分类只是常规都市在线小说，除此之外，还有和其他种类在线小说题材交叉的都市在线小说，比如都市玄幻在线小说、都市江湖在线小说、都市穿越在线小说、都市灵异在线小说、都市恐怖在线小说等。这类在线小说一来市场占有量较低，二来没有非常典型的成品或成品影响力不够，或是平台不支持、不允许、不鼓励其创作，所以小众的都市在线小说这里暂且不讲，只讲都市异能、都市生活和都市总裁这三类在线小说（见图3-7）。

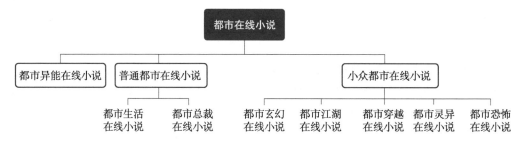

图 3-7　都市在线小说分支演变

下面详细讲解都市异能在线小说的优劣势。

都市异能因本身具备奇幻色彩，其灵异或鬼怪成分较多，所以市场受众较大。在线小说只要被平台推荐，被读者喜欢的概率就会比较高，结合这些特点，都市异能在线小说具有如下优势（见图 3-8）。

图 3-8　都市异能在线小说的优势

优势一，没有男女频区分，赢者通吃。

相对而言，都市在线小说很容易分成男频和女频，从字面意思讲，就是部分都市在线小说只适合于或更倾向于男性阅读，而另外一部分更倾向于女性阅读。但都市异能在线小说合理规避了不同性别间的阅读差异，通过其特有的吸引力基本做到了男女皆宜。

优势二，可以进行跨维度且不设限的内容创作。

都市异能一般和玄幻有关联或和武侠有关联。比如拥有某些超能力主角，形成"能力越大责任越大"的主角思维逻辑，这种跨维度创作可以拓宽都市异能的叙事面，减轻创作阻力。

优势三，可以弯道超车，争抢玄幻在线小说市场。

玄幻在线小说目前市场竞争激烈，对于普通内容创作者来说，想吃全勤、拿订阅、搞打赏的难度相当大。而都市异能在一定程度上可以和玄幻产生关联，能够吸引玄幻读者群体，实现弯道超车，以都市领域的特色抢玄幻市场的饭碗。

优势四，新人更容易出头。

目前市面上的都市异能在线小说很难有成熟作品，其原因不是平台打压，也不是不符合读者阅读价值观，仅仅是文笔不行。这是很罕见的情况，相对而言，都市异能属于"大佬"看不上、"萌新"够不着的状态。但如果你有能力在都市异能领域闯出一片天，相比于其他类目的在线小说更容易出头。

优势五，代入感强。

几乎所有的都市在线小说代入感都很强，这一点不难说清。毕竟都市就是我们实打实的现实生活，在线小说创作者通过周边发生的一些事寻找灵感，能带给读者远超其他类目在线小说的代入感。

同时，都市异能在线小说有以下劣势（见图3-9）。

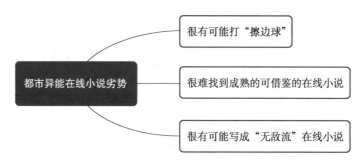

图3-9　都市异能在线小说劣势分析

劣势一，很有可能打"擦边球"。

都市异能在线小说在内容创作方面很有可能和民俗、宗教等内容产生关联，最终导致在线小说被拒签。此外，不单是都市异能在线小说，包括但不限于灵异在线小说、恐怖在线小说、惊悚在线小说都有一定概率打"擦边球"。

劣势二，很难找到成熟的可借鉴的在线小说。

相比于玄幻在线小说，都市异能在线小说能找到的可借鉴的在线小说数量较少，毕竟市场行情就是如此，前辈们并没有在都市异能在线小说这个领域闯出真正意义上的、通俗的且具备套路化的一条路来。这里的套路化指可借鉴的获取收益模式，而不是行文套路。

劣势三，很可能写成"无敌流"在线小说。

都市异能在线小说一般具备"金手指"，而"金手指"的好与坏、优与劣该如何展示，是个问题。所谓金手指，就是能带给在线小说主角强大帮助的物件，也就是"外挂"。部分都市异能在线小说的创作者会把"金手指"的功效无限度放大，进而转变成"无敌流"在线小说，可是"无敌流"在线小说需要具备特殊框架、背景，很明显，这不符合都市异能在线小说的写作要求。

都市生活在线小说和都市总裁在线小说优劣势与都市异能在线小说具有共性，但又不完全相同。对于新手来说都市生活在线小说和都市总裁在线小说都适合创作，且容易获得灵感，但趣味性和猎奇性会略低一些，虽然它具备创作模板和套路化获取收益方式，但商业化发展不如都市异能在线小说。

3.3　历史类目优劣势分析

历史类目在线小说更为特殊，不同题材的历史在线小说所需要的注意事项不同，优势和劣势也各不相同，所以我们需要把所有的历史类型在线小说一一排列，然后做优势和劣势分析。

典型历史在线小说优劣势分析如图 3-10 所示。

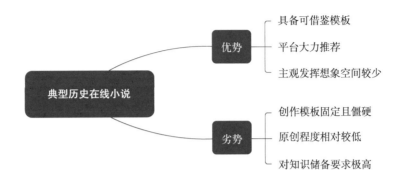

图 3-10 典型历史在线小说优劣势分析

注意，这里的典型历史在线小说是指以历史资料和历史文献为主要素材的历史在线小说，要求具备细节史料及相关资料解读，最为典型的是《明朝那些事儿》。

优势一，具备可借鉴模板。所有的历史在线小说，准确地说所有纪实类的历史在线小说，都可以借助《明朝那些事儿》进行内容创作，相当于前辈铺好了路，只需要我们这些晚辈顺着这条路往前走即可，成功率相对较高。

优势二，平台大力度推荐。

我的一位学生曾写了一本与明朝末期崇祯皇帝有关的历史在线小说，市场反应还算不错，因而获得了平台的大力推荐。

历史类型的在线小说在各大平台上大都处于读者愿意读但创作者数量较少的状态，存在市场空白，竞争相对偏低。

优势三，主观发挥想象空间较少。以玄幻在线小说、异能在线小说为例，它们需要创作者发挥很大的主观想象空间，对于周边的人、事、物、环境方方面面都需顾及，而历史在线小说不需要，只需根据史料总结出通俗易懂且可读性强的内容即可。

凡事都有两面，有优势就有劣势。

劣势一，创作模板固定且僵硬。绝大多数历史题材的在线小说以搞笑风格为主，如果不能做到搞笑，则失败率极大，而之所以如此，是因为《明朝那些事儿》奠定了搞笑历史题材在线小说的基础。

劣势二，原创程度相对较低。写历史在线小说，就是针对历史真实事件的相关内容进行叙述。在写作时，如果内容改编或总结性语句相对较少，则极有可能会出现内容重合度较高的情况，进而被平台判定为抄袭者。

劣势三，对知识储备要求极高。对于历史题材的在线小说，如果没有足够多的知识储备，很难创作出优质作品，举个简单案例：

公元 1324 年、公元 1368 年、公元 1471 年、公元 1764 年，这 4 年发生过什么重大事件？这些历史事件、历史时间的汇总极其烦琐，且不易查找。

历史不容篡改和歪曲。如果我们把公元 1137 年发生的事嫁接到公元前 1220 年，并以此展开叙述，肯定连基础审核都无法通过。

穿越历史在线小说优劣势分析如图 3-11 所示。

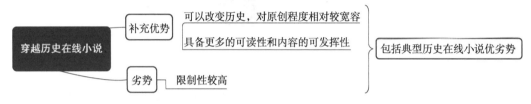

图 3-11　穿越历史在线小说优劣势分析

穿越在线小说一般指现代人穿越到历史上的某个时间段，在该阶段大有作为的故事。

穿越历史在线小说的优势和劣势包括典型历史在线小说的优劣势，此外需要额外补充。

优势额外补充一：穿越历史意味着可以改变历史，不必太过死板，相对较宽容。

优势额外补充二：穿越历史在线小说具备更多的可读性和内容的可发挥性，意味着创作者可以针对自己的喜好对历史内容稍加改变，以吸引读者阅读。

劣势额外补充：穿越历史的选题限制较高，一般只能以明朝初期、明朝末期、清朝康雍乾时期、三国时期、唐宋时期为主，如果穿越到某个知名度不高的历史阶段，则作品被平台签约的可能性极低。

架空历史在线小说优劣势分析如图 3-12 所示。

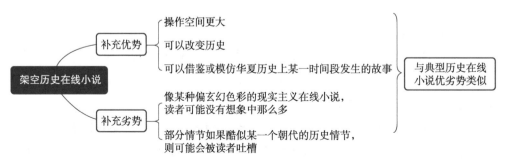

图 3-12　架空历史在线小说优劣势分析

架空历史在线小说一般指架空某一个朝代或者独自创作一个虚拟朝代，主人公在该虚拟朝代中经历一系列虚拟事件。架空历史在线小说与典型历史在线小说的优劣势类似，此外还需要做额外补充。

优势额外补充一：操作空间更大，哪怕关键时间点的关键信息出现差错也没有问题。

优势额外补充二：可以改变历史，完全可以让历史以自己想象的轨迹发展，甚至可以创造出更大的世界，不需要遵循当代的历史时间观念。

优势额外补充三：可以借鉴或模仿华夏历史某一时间段发生的故事，当作自己的创作素材和灵感，比如借鉴唐朝玄武门之变、汉朝巫蛊之祸。

有优势就有劣势。

劣势额外补充一：架空历史有别于普通历史，无法从历史的角度吸引读者阅读，更像某种偏玄幻色彩的现实主义在线小说，读者也没有想象中那么多。

劣势额外补充二：架空历史的部分情节如果酷似某一个朝代的历史情节，则可能会被读者吐槽，尤其是这类故事发生在前五十章或前一百章中，会让读者感觉食之无味，影响到订阅上架的数据。

3.4　军事类目优劣势分析

军事题材的在线小说具有特殊性，其优势和劣势也较容易分析。

军事类目在线小说的优势如图 3-13 所示。

优势
读者群体以中老年
男性为主

优势
军事内容的竞争相对偏低

图 3-13　军事类目在线小说的优势

优势一，读者群体以中老年男性为主。

这部分群体的收入偏高，储蓄偏多，对在线小说的情怀偏大，更愿意打赏或追更，非常容易成为忠实粉丝。

优势二，军事内容的竞争相对偏低。

只要创作者的文笔不是太差，还是较容易签约的，且全勤奖金在各大平台普遍偏高。

军事类目在线小说的劣势如图 3-14 所示。

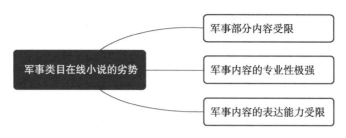

图 3-14　军事类目在线小说的劣势

劣势一，军事部分内容受限。

作为军事相关专业的创作者，一定要注意《中国人民解放军保密守则》，该说的说，不该说的不要说。

劣势二，军事内容的专业性极强。

军事题材在线小说的读者口味很刁，他们大多是军迷，某些读者甚至是军事专家，他们之所以看你的在线小说就是为了从你的在线小说中找到爽点，但是如果你的在线小说缺少爽点，或错误百出，他们就不愿捧场了。

劣势三，军事内容的表达能力受限。

军事题材的在线小说在创作过程中遇到某些将军或某些军衔，无论是真实人物还是射影人物都容易带来签约危机。部分编辑为了避免出现某些问题，直接拒绝签约或者签约之后不上架，或者直接把这本在线小说封存，以免给平台带来不必要的麻烦，这对于在线小说创作者来说无疑是一个损失。如果想解决该类问题，作者在创作过程中要比其他题材的在线小说更慎重。

3.5　体育类目优劣势分析

体育类型在线小说的优势如下。

优势一，可以借助大型赛事增加流量。比如关注夏季奥运会、冬季奥运会、足球赛事、篮球赛事、乒乓球赛事、羽毛球赛事等各大赛事，有一定概率获得爆款。

优势二，可以借助某些题材增加流量。比如在体育类目中可以增加校园素材，以主人公参加某些体育赛事为时间线进行内容创作，或者添加都市素材、游戏素材。

体育类型在线小说的劣势归结于一点，就是流量问题（见图 3-15）。

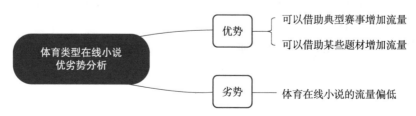

图 3-15　体育类型在线小说优劣势分析

在优势中，我建议大家写体育在线小说时与校园素材、都市素材进行贴合，以获得更多流量。这其实就是从侧面告诉大家体育在线小说的流量偏低。既然某些类目在线小说的流量偏低，那为什么在线小说平台仍旧保留其一席之地呢？

首先，我们要明白任何一个在线小说平台都不敢完全去除某一类在线小说，如果这样做，就会丧失这一类读者群体，紧随其后会形成恶性循环，使该在线小说平台在和其他平台竞争时处于劣势。

其次，我们可以通俗理解：在线小说平台上流量偏低的类目意味着竞争力弱，意味着收入偏低，但普通人获得的收益未必为零（平台给扶持）。同理，在线小说平台上流量偏高的类目意味着竞争力强，意味着收入偏高，但普通人未必会月入过万元（平台有限制）。也就是说，平台在尽可能平衡各类题材在线小说的创作收益，而我们需要做的只是对流量有个大致了解，不要因为流量的多少而改变自己擅长的创作领域（见图 3-16）。

图 3-16　流量高低对在线小说平台的影响分析

3.6　同人文类目优劣势分析

同人文是所有在线小说类目中最为特殊的一类。同人文可以是玄幻在线小说，可以是都市在线小说，可以是军事在线小说，也可以是体育在线小说。我们之所以把同人文放在 3.6 小节，是因为接下来还有两类比较特殊，分别是游戏类目和灵异类目。这两类又不同于已讲过的玄幻、都市、军事、体育，它们根据另外一套逻辑判断优劣势。

同人文的优势如图 3-17 所示。

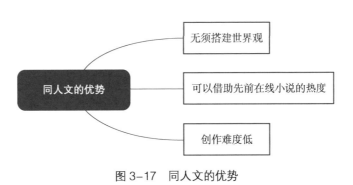

图 3-17　同人文的优势

优势一，无须搭建世界观。

同人文就是仿写别人的在线小说，出一个续集或类似内容，无论是续集，还是类似内容，都不需要重新搭建世界观。比如《西游记》和《西游记后传》，如果把《西游记》当作一本原在线小说，那么《西游记后传》就是同人文。《西游记》讲的是唐僧师徒去西天取经的故事，儒、释、道三家齐聚，各种各样的人物也都有了，那么《西游记后传》作为同人文，就不需要告诉大家什么是儒家、什么是道家，也不需要给大家讲解唐僧是谁、孙悟空是谁，只需要抓住原在线小说中的主要人物展示新的主要矛盾，就可以把这本在线小说写完。

优势二，可以借助先前在线小说的热度。

我以电视剧为例进行阐述。大家会不会好奇：已经拍过《武林外传》电视剧，为什么又要重新拍摄一部年轻版的《武林外传》？这样做的最大优势是不需要额外宣传，内容本身自带流量。

同样地，我们如果写同人在线小说，比如以《盗墓笔记》或《鬼吹灯》为范例，创作出一个框架相似、内容相似，甚至人物名称也相似的在线小说，不但可以省去很多宣发时间，还可以让在线小说自带热度。

优势三，创作难度低。

在所有题材的在线小说创作过程中，还没有明显低于同人文在线小说创作难度的。原在线小说提供了模板、框架和内容，而我们只需要借鉴原在线小说的模板、框架和内容创作出符合该选题内容的在线小说即可。

同人文的劣势如图 3-18 所示。

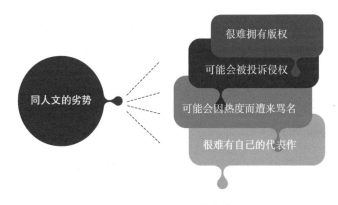

图 3-18　同人文的劣势

劣势一，很难拥有版权。

如果你写的是《〈西游记〉后传》《〈三国演义〉后传》《〈水浒传〉后传》，拥有版权的概率可能会大一些。但如果写的是当下阶段非常火爆的某些在线小说的后传，则很难拥有版权，比如《完美世界后传》。无法拥有版权意味着什么？意味着很难通过其商业模式获取收益。

劣势二，可能会被投诉侵权。

这也是最关键的一点，所有的同人在线小说原则上是存在版权风险的。即便某些平台说了，可以创作某些在线小说的同人文，可在创作的过程中，一旦原作者反悔，或者你在创作时没有和平台签订合同，而被某些人维权，维护同人文权益的难度极大。尤其是这本在线小说开始获取收益时，其利润分配就是个难题。

劣势三，可能会因热度而遭来骂名。

这就有点"成也萧何，败也萧何"的味道了，写同人文可以获得流量热度，但这一部分流量热度基于之前已经成型的优质在线小说，你在继续创作的过程中，如果达不到读者预期，就有可能会遭受批评和谩骂。

劣势四，很难有自己的代表作。

同人在线小说说到底是模仿别人的内容创作出来的，别人的内容才是正主，你的在线小说只是影子。既然作为影子，就要有影子的觉悟，希望通过写同人在线小说拥有自己的代表作，其难度极大。

3.7　游戏类目优劣势分析

游戏在线小说有点类似于同人在线小说，可以借助流量优势，正因如此，游戏在线小说也具备风险因素。

游戏在线小说的优势如图 3-19 所示。

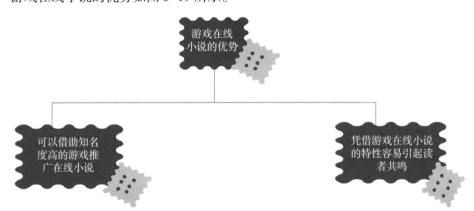

图 3-19　游戏在线小说的优势

优势一，可以借助知名度较高的游戏推广在线小说，起到借力打力的作用。

过去几年火爆的单机游戏，比如《超级玛丽》和《魂斗罗》，如果你写一个与《魂斗罗》或《超级玛丽》相关联的游戏在线小说，就很容易吸引 90 后、80 后，甚至 70 后的读者群体。

优势二，凭借游戏在线小说的特性容易引起读者共鸣。

那游戏在线小说有什么特性呢？简单一句话，就是不间断地升级打怪。当升级打怪成为游戏在线小说的固定模式，且被读者接受后，我们从游戏视角进行创作以吸引读者阅读，其效果会更好。

游戏在线小说的劣势如图 3-20 所示。

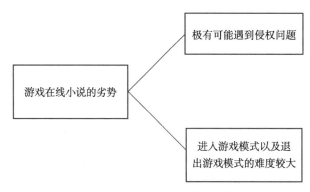

图 3-20　游戏在线小说的劣势

劣势一，极有可能遇到侵权问题。

比如某些游戏明确规定，即便做游戏剪辑和解说，也必须在某些特定平台上做，若在其他平台上做剪辑、解说，一律按照侵权处理。如果我们在写游戏在线小说时是以某些游戏当模板的，就很有可能遇到侵权危机。

劣势二，进入游戏模式以及退出游戏模式的难度较大。

在进入游戏模式和退出游戏模式时如何描述一个读者认可的流程，极考验作者的写作功底。

3.8　灵异类目优劣势分析

下面讲最复杂的在线小说类目：灵异在线小说。为什么把灵异在线小说放在最后？这是因为在条件允许的前提下，不建议大家写灵异在线小说。关于灵异在线小说的优势，我用一句话就能够讲清楚：猎奇心理引导足够多的读者受众，能够带来极大的流量。

每个人都有猎奇心态，这也是一些恐怖灵异的电影、电视剧流量颇高的原因，但我们也可以发现一些恐怖的电影很难在电影院上映。

下面重点分析灵异在线小说的劣势。

劣势一，相关内容不能触碰。这些禁忌内容包括明显的鬼神文化、民俗文化、宗教文化、信仰文化以及儒释道相关联的特殊文化（见图 3-21）。

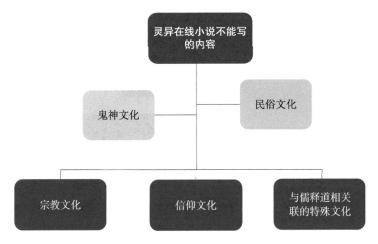

图 3-21 灵异在线小说的禁忌内容

劣势二，普通人写的灵异在线小说签约率极低。灵异在线小说想要签约上架，且能够获得平台推荐，其难度极大。某些小平台的编辑曾私下告诉我，平台只签已经写过灵异在线小说且上架拿到成绩的作者，而普通作者连签约的机会都没有。

劣势三，部分灵异在线小说会卡关键字审核。众所周知，部分敏感字打到在线小说平台或者网站上，以章节的形式对外展示时会变成星号或者干脆被屏蔽，甚至因为有了这些敏感字，整个章节都被平台驳回，要求作者更改后重新上传。而在灵异在线小说中，卡关键字的情形最常见。

了解了灵异在线小说的优势和劣势（见图 3-22），有助于你决定是否选择这个领域。

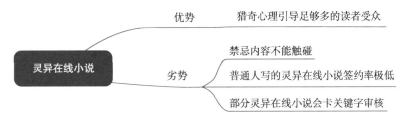

图 3-22 灵异在线小说优劣势分析

3.9 如何选择在线小说领域定位

讲完在线小说的八大类目及其各自的优势和劣势之后，我们需要考虑另外一个问题：如何选择在线小说领域定位？这是一个很关键、也很严肃的问题。原则上，在线小说领域定位完成后，一般不能随意更改，因为该领域内容能够链接到平台编辑。而这位编辑只负责该领域的内容，如果在线小说创作者来回跳领域，很有可能导致被编辑拒稿。

我们应该如何做在线小说领域定位呢？在这里给大家提供一整套的方案，准确地说叫四步走（见图3-23）。

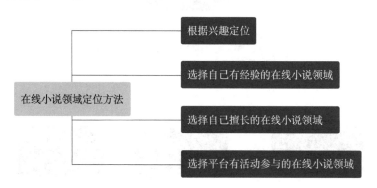

图 3-23　在线小说领域定位方法

第一步，根据兴趣定位。在写在线小说之前，你要明白自己最喜欢写的是什么领域的在线小说，一般来说，你喜欢读的在线小说，就是你喜欢写的在线小说。

第二步，选择自己有经验的在线小说领域。如果你不知道自己对什么在线小说感兴趣，也不知道自己喜欢读什么样的在线小说，只是单纯喜欢写在线小说，那么你就要考虑自己的阅历和经验。如果你在都市生活，就可以写都市领域在线小说；如果你有校园经历，就可以写校园领域在线小说，当然校园在线小说可以归到都市在线小说以及其他在线小说的分支中，在此不做过多讲解；如果你听过老家的一些奇闻异事，可以尝试写灵异在线小说或恐怖悬疑在线小说，不过创作过程要慎重（见图3-24）。

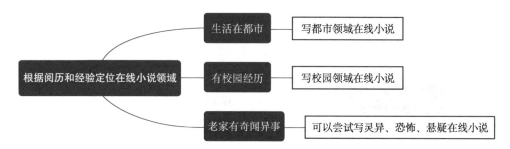

图 3-24　根据阅历和经验定位在线小说领域

第三步，选择自己擅长的在线小说领域。如果你的专业是历史领域，或者对与历史文化相关的内容有过研究或了解，可以写历史领域在线小说；同理，如果你对一些特殊文化有了解，也可以写特殊文化题材的在线小说。

第四步，选择平台有活动参与的在线小说领域。对这一领域选择要慎重，因为一些无良的在线小说网站为了鼓励读者参与活动，或者吸引大家来该平台投稿会发布虚假活动。

通过以上四步，相信你可以明确地选出适合自己创作的在线小说领域。

第4章
在线小说写作大纲及规避事项

从 2019 年开始教学起，我就一直告诫学员：在写在线小说之前一定要写大纲，大纲是给两种人看的，既是编辑签约的定心丸（给编辑看），也是创作者自己顺着时间线、故事线完成写作进度的基准（给自己看）。如果你能够理解上面这句话的逻辑，接下来我讲大纲四要素和大纲三步法时，你会更容易理解大纲的底层逻辑。

4.1 在线小说大纲是写给谁看的

大纲可以理解为一式两份的写作模板，只不过这两份写作模板各有不同。

第一份模板是创作者自己看的。对于部分人来说，自己写出来的大纲完全没必要详细到每十章一个进度，每百章一个世界观，每千章出现一个终极头目。

这是因为频繁变动大纲会搞得自己没有主线或有多条主线，反而会写废在线小说。所以你在写在线小说大纲时，只需要明确一百章以内的大纲方向和大纲中的主线方向即可，总字数原则上不超过 5000 字（见图 4-1）。

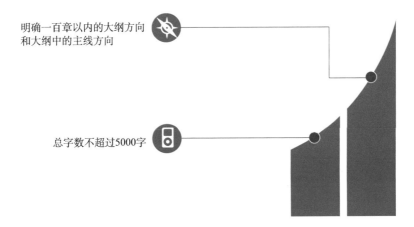

明确一百章以内的大纲方向和大纲中的主线方向

总字数不超过5000字

图 4-1　在线小说大纲的两点标准

第二份模板是给编辑看的。给编辑看的大纲就值得玩味了，因为编辑在审核你的在线小说能否签约，尤其是内投的时候，需要明白这本在线小说的主要发展方向，看看在线小说有没有规划，甚至编辑可以直接根据大纲的内容判定你是老手还是新手。

因为编辑的时间、精力有限，所以你要控制大纲的总字数。我曾咨询过某个网站的平台编辑，他一天需要读的在线小说超过 40 本，寒暑假读的在线小说超过 200 本，甚至会更多一些，没日没夜地加班。所以，你想一下，如果大纲内容超过 10 万字，以编辑的耐性和脾气，他有可能看完吗？所以，在这一点上第二份模板与第一份模板存在共鸣，大纲的总字数没必要过多，控制在 500 ~ 5000 字就可以了（见图 4-2）。

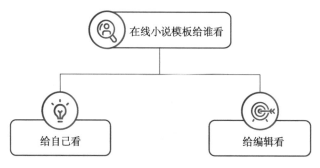

图 4-2　在线小说模板给谁看

一份大纲除了写给编辑以及自己看之外，其他任何人原则上不会过问，也没有权利过问。那么在塑造在线小说大纲时是以自己看为模板，还是以编辑看为模板呢？答案是以自己看为模板，因为写大纲的目的是优先服务于作者的，而当你需提交大纲给编辑时，只需要把大纲中烦琐的内容进行整理，并做出阶段叙述：比如在线小说主角在 10 年后会怎样，50 年后会怎样，因为编辑看大纲需要了解你的写作思路，这样的大纲必须有。

4.2　在线小说大纲构造四要素

在线小说大纲的构造非常繁杂，如果把在线小说大纲做细节拆分，主要由四个要素组成（见图 4-3）。

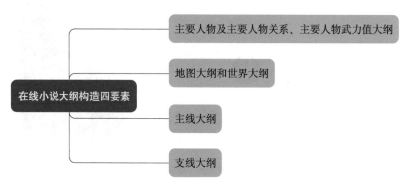

图 4-3　在线小说大纲构造四要素

第一要素：主要人物及主要人物关系、主要人物武力值等大纲。

这一部分大纲主要防止在线小说创作过程中出现越级战斗或出现明显不匹配的武力值战斗，以及相关人物的人设、性格方面的偏差，从而引来的读者反感，换句话说，这是在线小说基础中的基础、核心中的核心。我举两个简单案例进行说明。

案例一：在某部在线小说中，A 明明是小白兔，因为受到大灰狼的欺负，竟然单枪匹马把大灰狼揍了一顿。我们先不说其中的暴力因素能否过审，就从单纯的主线逻辑来看，就说不通：一只小白兔如何能够打得过大灰狼呢？

案例二：在某玄幻在线小说中，B 是灵气未开的门徒，这位门徒遇到一位天阶修士，凭借自己的努力竟然打败了天阶修士。这一设定也不合理，一个灵气未开的门徒，说白了也就是个普通人，怎么能够打败天阶修士呢？

这时，有人可能会说：这种低级错误，我是不会犯的，我怎么可能写出如此低级的内容呢？如果你的在线小说中只有一个人物或两个人物，当然不会犯这样的错误。可是，一本在线小说的总字数若超过 100 万字，里面的重要人物就有可能突破 50 位，里面的支线人物更是多得数不清楚，如此多的主要人物和支线人物关联在一起，你确定能够分得清他们各自的身份和武力值吗？分不清楚的。

为了规避这种情况，我建议大家以表格的形式确定几个核心问题：人物是否为主角，是否与主角关联，是正派还是反派，以及人物年龄、武力值、家庭条件、生活状况等，当你写到某一个具体情节或需要搭建框架时，直接查之前的表格即可（见图 4-4）。

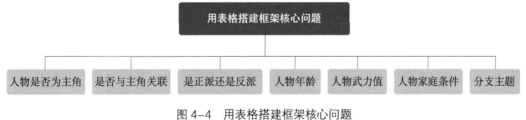

图 4-4　用表格搭建框架核心问题

第二要素：地图大纲和世界大纲。

这一部分大纲主要防止在玄幻在线小说、都市在线小说、架空历史、架空都市等在线小说中触及的地图、边界、宇宙、时间观、空间观等方面出现不合理问题。

举个案例：

如果你写的是玄幻在线小说，设定主角出生在最低等的宇宙空间，除了这个宇宙空间，上面还有三重天，每一重天都有 8 个星球，最上面一重天又分成三个层级，最上面一重天的最上面一层级中有世界最顶尖的头目——这个头目是最大反派，而主角的任务就是击败这个反派。

在写在线小说的过程中，尤其是在线小说突破 50 万字乃至突破 100 万字，主角需要进行本宇宙中的领地变迁或跨宇宙的领地变迁时就容易出现问题，很容易因字数过多，导致场所紊乱。

这一部分内容也非常容易引起读者反感——你刚才明明在一重天，怎么眨眼就跑到三重天来了？那如果是都市在线小说，你刚刚还在中国，怎么第 2 天就到美国了？第 3 天又跑到加拿大？第 4 天又跑到了澳大利亚？而且你是走过去的，这怎么可能？这种明显的硬伤很容易引起读者反感，而之所以会出现这类错误，是因为你准备不足——没有在地图大纲或世界大纲上做标记。

第三要素：主线大纲。

这一部分大纲主要防范在内容创作过程中突然跑题，以至于写到其他领域了，读者读到最后不明所以。

举个案例：

比如你写的在线小说是游戏领域在线小说，大致内容是你打某款单机游戏，比如《超级玛丽》，突然发现电脑出现一个"黑洞"，把你吸进去了，你成为《超级玛丽》中的主人公，然后在游戏中通关，最终击败了头目，建立一番功业。

这样的主线大纲没有问题，但如果写的大纲是主角发现一个黑洞，走进黑洞里面，进入了超级玛丽的身体，主角表现出反抗情绪，抓紧时间出来，出来之后努力打工、努力学习，最终把游戏在线小说写成了都市在线小说。

这种情况会导致两类人反感。首先，编辑会反感。编辑原本看好你，并且和你签约，给你全勤，是因为你写的是游戏领域内容。可现在倒好，你扭头就写都市领域内容，这不是给他人作嫁衣吗？其次，你的读者也会反感你：刚开始还是游戏领域，怎么眨眼间就变成都市内容了？

为什么会造成这种情况呢？这是因为你在写作的过程中跑题了。

主线大纲其实是所有大纲中最容易打造、也最容易搭建的，我们只需要明确几个关键因子：主角是谁？主角要干什么？最终要完成什么任务？在完成任务的过程中需要应对什么问题？你只需要把这些内容以一条线的模式串起来，那么主线大纲就算搭建完成了（见图 4-5）。

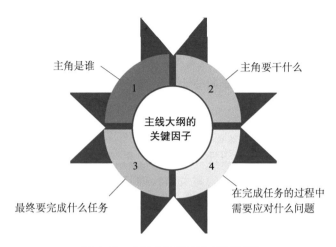

图 4-5　主线大纲的四大关键因子

第四要素：支线大纲。

这一部分大纲主要防范内容空洞，以及在线小说内容单薄，字数过少。我先问大家一个问题：一本在线小说如果想获取收益，多少字合适？我每次授课时都会提这个问题，很多学员会说："在线小说字数不用写太多，50 万字左右就行了，浓缩的才是精华。"

这个想法其实是没问题的，但如果你的在线小说只写 50 万字，就意味着你只能赚到 50 万字的钱，那 50 万字能够赚到多少钱呢？大概率不会超过 3000 元，这 3000 元就是第一个月的全勤奖金。

在线小说创作者要注意，如果希望通过写在线小说的方式赚到钱，那么在线小说的字数就要足够多。如何把在线小说的字数写到足够多？如果把字数扩充到 200 万字以上或者 500 万字以上，甚至 1000 万字以上呢？答曰：需要支线。支线是什么？是主线任务之外的任务，比如玄幻在线小说中的探险、都市在线小说中的爱情、游戏在线小说中的隐藏关卡（见图 4-6）。

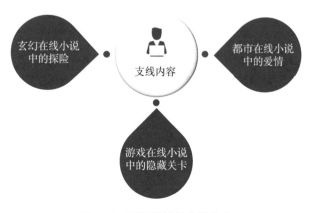

图 4-6　不同领域的支线内容

举个简单案例：

比如你写的是游戏在线小说，以《超级玛丽》为故事背景，写你穿越到《超级玛丽》这款游戏中，去救自己喜欢的公主，一路通关下来打败了头目。最后你发现，只需要 3 万字就能够写完。

那如何填充字数且让读者读得津津有味呢？很简单，超级玛丽游戏中有没有其他关卡？是否可以添加支线？有没有隐藏关卡？你甚至可以把游戏砖上的每一个问号都当作隐藏关卡，在隐藏关卡中会有隐藏惊喜以及神秘道具，这些道具能够帮助你增大战胜头目的概率。

4.3　搭建在线小说大纲的三种方法（梳理大纲脉络）

在线小说大纲具备了以上四大要素，从理论上说，这就是一部有冲击优质在线小说概率的在线小说。在在线小说大纲的创作过程中，如何梳理大纲脉络呢？说得再直白一些，如何能够把大纲写好呢？这里，我给大家提供了在线小说大纲创作的三种方法。

第一种方法：时间线梳理法。

时间线梳理法很容易理解，下面以我的时间线为例进行说明：

某天，我来到公司创作在线小说第四章的 4.3 节，在创作该章节前，我需要先把饮水机打开，加一杯热水，把电脑打开，在电脑上码字，等我把这一小节内容写完，再对内容进行校对和更改，然后交由我的助理二次校对更改，再之后交由我的编辑老师，让我的编辑老师帮助审核，在线小说 4.3 节就算写完了。

我的时间线是从早上 5 点开始记录的，一直到早上 8 点任务完成。在线小说的时间梳理也是如此，你先不要去想倒叙、插叙等打破常规的手法，因为这种方法没有实质意义，且很有可能阻碍新手创作在线小说的进程。

在线小说的时间梳理法主要描绘主角从出生到获得完美人生到大结局的完整时间线。主角在 3 年内要完成什么事，在 5 年内又要完成什么事，在 10～20 年需要完成什么事，最终达到怎样的效果，这就是大纲时间梳理法。时间梳理法适用于主线大纲和主要人物及主要人物关系、主要人物武力值大纲（见图 4-7）。

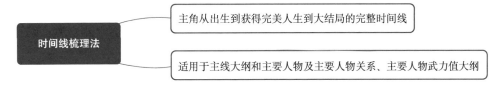

图 4-7 时间梳理法的技巧及应用

第二种方法：感情线梳理法。

一份大纲有且只能有两个人物的感情线，否则就会变得混乱不堪，这里的两个人物感情线是指主角感情线及反派主角感情线。例如：

玄幻在线小说中，反派爱上了主角的暗恋人物，然后主角和反派在争夺配偶归属权的时候发生感情纠纷，那这部分感情纠纷就是主角、反派和主要角色间的感情矛盾。

感情线梳理法是给创作者自己看的，原则上这部分大纲和脉络不需要给编辑看。创作者只需要明白主角及主角喜欢的人物和反派喜欢的人物间有怎样的感情发展及最终期望，以方便在线小说后续创作（见图 4-8）。

图 4-8 感情线梳理法

第三种方法：主题梳理法。

主题梳理法单独服务于主线大纲。在在线小说大纲构造四要素中，编辑原则上不会看第一要素、第二要素和第四要素，但是对第三要素主线大纲是必看的。这是因为编辑要明白这本在线小说的发展方向及在线小说最终走向能否归属到自己的编辑组中，以免辛辛苦苦忙活半天，为他人做了嫁衣。所以，主题梳理法与时间线梳理法有些类似，只不过主题梳理法以人为主，允许倒叙或插叙。

比如：

玄幻在线小说中某位主人公遇到某些困难和挫折，通过魂穿或者其他方式穿越到了另一个人身上，其间出现各种各样的道具及空间转换问题，因为两种不同的人格或灵魂交叉在一起，可能会带来某种奇妙的碰撞，而这一部分碰撞必须写清楚，否则很容易使读者困惑。

主题梳理只有一字诀，那就是顺。顺指的是读者读得顺，而不是磕磕绊绊、读不清、读不懂，甚至根本不知道写的是什么（见图4-9）。

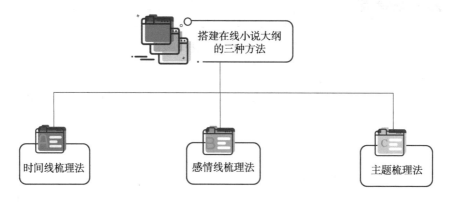

图4-9　搭建在线小说大纲的三种方法

4.4　在线小说大纲主要规避的四种情况

写大纲时一定要规避以下四种情况（见图4-10），这些情况处理不好，会增加我们被拒签的可能，同时增加创作难度。

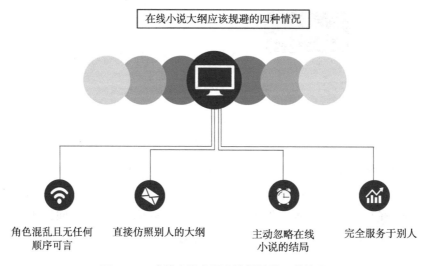

图4-10　在线小说大纲应该规避的四种情况

情况一，角色混乱且无任何顺序可言。

前文讲过，在创作在线小说大纲时，要有人物表格。人物表格是在线小说大纲构造要素中的第一要素。人物表格是不是要把每个人物都记录呢？原则上没必要。对一些细枝末节的人物，我们只需一笔带过，但对关键人物及跟关键人物相关联的普通人物，需要详细记录。

角色应该如何记录呢？是不是每出现一个人物都要记录下来，然后按照时间顺序从前往后记录？不是这样的。我们需要对角色分等级，比如正派第一梯队角色、第二梯队角色、第三梯队角色，反派第一梯队角色、第二梯队角色和第三梯队角色。我们需要先把正派和反派区分清楚，然后对正派的主要角色做重点讲解，对非主要角色做简单讲解，只需要记录功法、命门，在世界观中的作用和价值，对主角可能带来的潜在帮助即可，对其他内容可以暂且不记录（见图 4-11）。

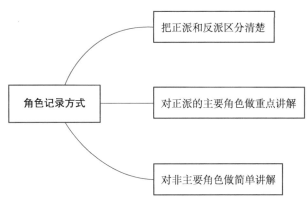

图 4-11　在线小说角色记录技巧

情况二，直接仿照别人的大纲。

这是在线小说行业中最忌讳的事。比如别人写了一本盗墓在线小说，你觉得写得不错，就改头换面，照抄大纲，填充大纲内容发到平台上，只要没人举报，很大概率不会被平台发现。

可是，一旦有读者反馈给内容原创作者，或者内容原创作者找到平台追责，平台就会意识到这是一起抄袭大纲事件。这件事情由两个人担责，一个是编辑，另外一个是在线小说创作者。在线小说抄袭者的责任，无非是把这本在线小说下架，以及做出相关赔偿罢了。

但对编辑来说，要承担很大责任。平台不会允许编辑犯这种低级错误，而某个编辑一旦犯了错误，就意味着这个编辑的职业生涯告一段落。所以，在线小说大纲一旦照抄别人的，还被平台编辑发现了，包括这本在线小说以及在线小说的IP、在线小说的注册人都有可能被平台拉黑，且再也没有在线小说签约上架的机会了。

情况三，主动忽略在线小说的结局。

玄幻在线小说的最终结局可能是击败大头目或成为世界的顶尖人物；都市在线小说可能是抱得美人归或报仇雪恨，或者创造商业帝国；游戏在线小说可能是游戏通关或取代游戏中的头目，自己成为头目。在线小说的结局可以让编辑知道写作到什么程度就接近完结了（见图 4-12）。

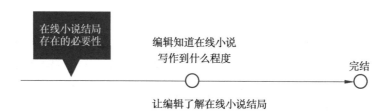

图 4-12　在线小说结局存在的必要性

情况四，在线小说大纲完全服务于别人。

即便你不把在线小说大纲给编辑看，在线小说仍然有被签约的概率，为什么呢？因为在线小说字数超过 5 万字或超过 10 万字后，在线小说就会自动进入编辑的审核签约阶段，即编辑会审核在线小说，判断可否被签约。这是否意味着编辑压根儿不需要看我们的大纲呢？

答案是肯定的。把在线小说大纲投给编辑看，主要针对内投在线小说，大纲可作为能否被签约的判定因素。如果只在在线小说平台进行内容创作，不进行内投，编辑根本不会看大纲。除非编辑觉得在线小说内容特殊，会申请添加作者的联系方式，主动索要在线小说大纲，但这种情况可能性较低。

做一点额外补充：在在线小说没有被平台签约前，或者在线小说没有发布前，不建议把大纲发给在线小说领域的前辈看，包括在线小说导师在内。因为大纲意味着在线小说进入创作阶段，便产生了版权问题，在没有发表到平台前，很容易发生剽窃行为。要知道，别人借用你的灵感做出成绩，是你的一大损失。

第5章
黄金一章写作框架及模板复盘

本书把特殊平台排除在外，因为大部分平台单章节字数是按照2000字计算的，单章节总字数在2000～2200字，也就意味着本章节的"黄金一章写作框架及模板复盘"，讲的就是在线小说前2000字的写作框架及模板复盘。

为什么在线小说第一章要单独拿出来重点讲？因为创作者在在线小说第一章很容易犯错误，而有些错误一旦犯了，在线小说想要被签约难度极大。换句话说，在线小说第一章不求有多么惊艳，让编辑看了后两眼放光，但求让编辑看了后知道在线小说创作者是一位老手，能保证顺利签约。

5.1 主角三要素及案例讲解

在线小说主角往往具有唯一性，除非是双主角在线小说，但双主角在线小说对普通人来说创作难度极大，故不太建议。对于大部分单主角在线小说来说，需要具备哪三要素呢？分别是人设、事情和矛盾（见图5-1）。三者中矛盾最重要。

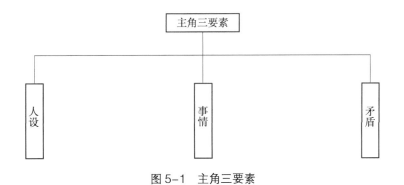

图5-1 主角三要素

1. 人设

前文讲过，在线小说的人物名称越简单越好，读起来通俗易懂，最好还要有含义。

如果能够和在线小说中的某一重要情节互动，还能够被在线小说配角以绰号的形式嘲讽取笑，那么在线小说人物的起名就算成功。

在线小说主角的人物设定该如何设计呢？要回答这个问题，我们要先明白：什么叫做人设？简单来讲，就是大家只要想到一个人物，就能知道这个人物大概是什么样子，有什么脾气秉性，主要成绩是什么，周边人对他有什么样的认知。

而在线小说主角的人设当然不能在第一章中全展示出来，但可以通过只言片语，让大家对主要角色有个基础认知。在线小说人设在 2015～2022 年发生了两重经典变化。

在 2015 年之前，在线小说主角的人设一般以稳、准、狠的阴暗人格为主，比如主角跟对方明明无冤无仇，却非要拿出武器比拼一下，只为了证明自己"武林第一"的身份，甚至不惜做天怒人怨之事。

而之所以会以阴暗人格为主导，是因为 2015 年之前在线小说的审核机制不健全，那个时候各种各样的在线小说甚至包括"擦边"题材在线小说层出不穷。在线小说在很早之前就有鱼龙混杂的现象，但真正的大规模腾飞是近几年的事。

2015 年之后的在线小说人设一般以敢担当的阳光形象为主。这一类主角遇到朋友有困难了，会毅然出手相助，遇到自己想要追求的梦想，敢拼了命去追寻，以此来激励读者。正能量的内容很容易吸引到正能量的读者群体，当读者发现主角这么正能量的时候，自然也乐于追捧。

但 2018—2019 年，在线小说主角人设一般以另类成长史或搞笑为主。这一类主角更受欢迎，主要原因在于这部分在线小说主角人设增添了欢乐因素，无论是主角本身自带欢乐，还是主角依托于某些特殊情况打造出来的欢乐，都能很好地吸引读者，并以此为基调，获得订阅收益（见图 5-2）。

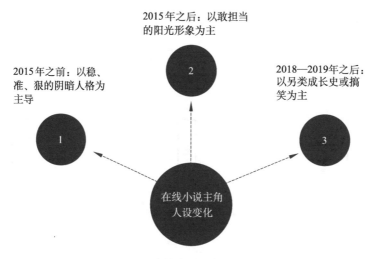

图 5-2　在线小说主角人设变化

2. 事情

如果我们把在线小说简单理解为一件事的来龙去脉，那么在线小说的写作理念会更简洁一些。这句话是什么意思？我举个简单案例：

自媒体，大家都接触过，比如一些美女唱歌跳舞或者一些帅哥展示美食，其实都是在告诉我们一件事儿：你看我唱歌跳舞怎么样？你看我做的这个美食怎么样？所有的内容都可以用"事"来替代。

在线小说也是如此，读者读在线小说是读在线小说中的"事"，而不是读创作者的情怀，读创作者的感悟，读创作者的经历；反之，在线小说就不叫在线小说，而叫自传。

这就意味着，在线小说必须有事情，这个事情必须在第一章节有所展示，因为读者的耐心是有限的。

不过，知名在线小说创作者和知名作家可以例外，他们在在线小说的第 1 节也就是前 2000 字中，可以不循规蹈矩，但普通在线小说创作者不可以。那么这个"事"可以从哪几个方面写呢？我给大家总结了三个主流方向。

第一方向，从主角身上找事情。比如主角的父母离奇失踪，主角神秘地出现在某一个村子里面，主角 3 岁，身高已经超过了 18 岁大汉，主角力大能扛鼎或者天资聪慧，主角身上有这样或者那样的秘密。

第二方向，从时代大背景中找事情。比如在玄幻在线小说中，某一方势力遭到灭顶之灾，这方土地上的人被迫迁移到另一片净土，其间发生了与主角有关联的大事件。再比如在修仙在线小说中，天地乍开，灵光出现，某一片宝地能够让凡人进阶为修仙者，新一轮的修仙潮出现。

第三方向，从极端竞争中找事情。比如在架空历史在线小说中，两个或多个王朝发生灭国之战，在时代动荡的背景下，主角所经历的人、事、物（见图 5-3）。

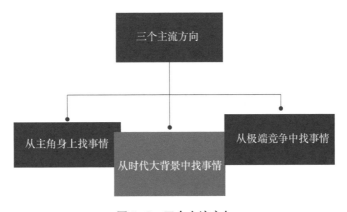

图 5-3　三个主流方向

3. 矛盾

第一章中，要尽可能彰显两个矛盾，一个是宏观大矛盾的简写，另一个是个人小矛盾的详写（见图5-4）。

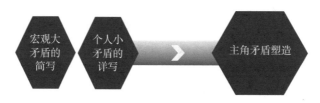

图 5-4　主角矛盾塑造的两种情况

下面以玄幻在线小说为例进行说明。如果我写一本玄幻在线小说，比如屠神，那么在线小说的宏观大矛盾是天地灵气有限，普通人的进阶难度极大，那么小矛盾是什么呢？是主角突然得到一块宝石，这块宝石里有很丰富的灵气资源，谁吸食了这块宝石，谁就能成为最低阶的修仙者，于是主角在第一章中被反面角色追杀。

如果以这样的选题做内容创作，我想问大家一句：在第一章可以一直讲灵气特别少，普通人难以修仙吗？当然不可以，如果一直讲这些东西，读者会迷惑：第一章都结束了，还没见到一个主角，那么在线小说第一章讲的是什么？

而且有时候不单读者迷惑，就连编辑都会迷惑。编辑会怀疑：这本在线小说创作的意义和价值是什么？这本在线小说能否给读者提供足够多的情感共鸣及良性互动？如果你无法提供，那么这本在线小说还有签约的必要吗？

如果第一章重点讲主角意外得到一块宝石后，被别人轮番追杀，然后主角通过个人的能力躲过一层层危机，情节环环相扣，又异常紧张，对吸引读者阅读将会有很大助力。

在 5.1 小节结束前，我仍要强调：事情和矛盾是有区别的。事情是主角发生了什么事；而矛盾是主角和某些人、事、物、宏观大矛盾间有不可调解的利益冲突，而将这一部分利益冲突放在章节开头处，尤其是主角以及主角关联人物的生离死别，更能够吸引读者阅读。

从原则上说，在线小说第一章的矛盾重要性远远大于事情，甚至可以在第一章中不去讲宏观事件或宏观背景，只讲主角面对的矛盾，对事情的介绍在之后补充就可以（见图5-5）。

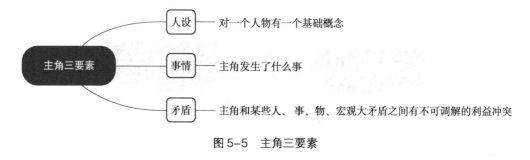

图 5-5　主角三要素

5.2　矛盾构造法及案例讲解

　　既然在线小说第一章的矛盾很重要，那么该如何构造矛盾呢？这里我列举了七种方案，大家可以任意搭配（见图 5-6）。

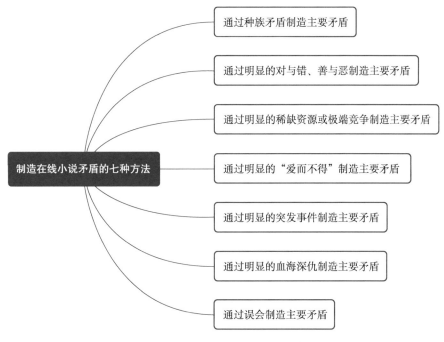

图 5-6 制造在线小说矛盾的七种方法

　　第一种方法，通过种族矛盾制造主要矛盾。

　　这里的种族矛盾一般指两大种族争夺核心资源。例如，两大宇宙空间或两大星球争夺核心资源，或两个村落争夺核心资源，以此来制造矛盾。

　　比如在架空历史在线小说中，古代的某处水源被周边两个村子看中，其中一个村子人强马壮，一直压着另一个村子打。主角在少年时期饱受侮辱，因自家村子实力偏弱，只能给人家当奴仆来获得一点点的水源。

　　再比如，在玄幻在线小说中有两个族群，一个族群是妖兽，另一个族群是修仙者。修仙者和妖兽之间有了矛盾。妖兽蛮横且力大无穷，给修仙者带来极大危险，而修仙者中的主角在惶恐不安中度过童年。

　　第二种方法，通过明显的对与错、善与恶制造主要矛盾。

　　这里的善恶、对错一般可明显区分，否则矛盾的搭建逻辑就不成立。

比如在都市在线小说中，主角面对校园霸凌现象，敢于对强者说不，对弱者进行保护，通过种种巧妙方式惩戒霸凌者。

再比如，在玄幻在线小说中，某个宗派的某个族群无恶不作，而主角在幼年时就立下了为民请命之志，对于邪恶的宗教势力或门派势力极力抵抗。

第三种方法，通过明显的稀缺资源或极端竞争制造主要矛盾。

这里的稀缺资源和极端竞争一般指只有一份资源，或虽有若干份资源，但竞争者极多，而主角意外获得了竞争资源的获取名额，因此引发利益之争（见图5-7）。

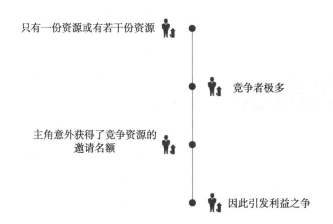

图5-7　稀缺资源和极端竞争制造矛盾

比如，在武侠在线小说中，主角意外获得一本武林秘籍，而这本武林秘籍又被各大门派所觊觎，从而引发江湖的腥风血雨。

再比如，在玄幻在线小说中，主角经过九死一生的拼搏，终于获取了某个妖兽体内的仙丹，只要吃掉仙丹就能从凡人进阶为修仙者。不料，有一伙邪恶势力获悉此事，要从主角手中抢走仙丹。

第四种方法，通过明显的"爱而不得"制造主要矛盾。

这里的"爱而不得"，一般以三角恋、四角恋或五角恋居多，但要注意所有的关于"爱而不得"的描写要有尺度，不要过于轻佻，不能写成"擦边球"在线小说，否则很可能会被封禁。

比如，在都市在线小说中，主角深爱着某位姑娘，而那位姑娘又被另一位男子的甜言蜜语所蛊惑，最终导致主角"爱而不得"。

再比如，在玄幻在线小说中，主角早已和另一位宗派中的女子有了婚约，但主角长大后却因家道衰落，没有足够实力，而被家族中的长辈棒打鸳鸯。

第五种方法，通过明显的突发事件制造主要矛盾。

这里的突发事件一般指魂穿，即主角穿越到某一个特定场合，由此发生的一系列危机和问题（见图 5-8）。

图 5-8　突发事件制造矛盾

比如，在历史穿越在线小说中，主角穿越到明末崇祯皇帝年间成了大将袁崇焕，而此时的崇祯皇帝正准备对袁崇焕进行千刀万剐。

再比如，在玄幻穿越在线小说中，主角穿越到玄幻世界的某位宗派浪子身上，一系列机缘巧合之下，历经摸爬滚打，变得日渐强大。

第六种方法，通过血海深仇制造主要矛盾。

这里的血海深仇一般指主角遭家族灭门、部落被灭等惨绝人寰的大事件，由此身陷一系列危机和问题之中。

比如，在历史架空在线小说中，由于敌国入侵，主角在战争中经历妻离子散、家破人亡。

再比如，在玄幻在线小说中，因诸宗门势力争夺，强势宗门直接灭掉弱势宗门，将其从玄幻世界中除名，而弱势宗门的主角侥幸逃脱。

第七种方法，通过误会制造主要矛盾。

误会可分为有意误会和无意误会（见图 5-9）。

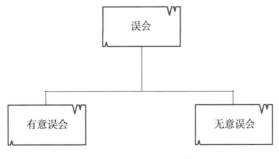

图 5-9　误会的两种情况

比如，在都市在线小说中，情敌暗中做手脚，让周边的人对主角产生误会，主角不知何去何从，经历了从迷茫到理智的一番蜕变。

再比如，在玄幻在线小说中，有一人或若干人对主角进行追杀，后来主角发现，仅仅是因为主角和被追杀之人太过相似，才导致了误会。

从理论上说，只要想法足够多，就能制造出足够多的矛盾，而将这些矛盾制造出来且进行巧妙布局，就能吸引读者阅读。所以，在写作实践中，制造矛盾的方法绝不仅仅是以上七种，这七种方法只是我根据过去几年的在线小说教学总结出的，最容易让新人上手且成效较好的方法罢了。

5.3　黄金一章的两个目的分析

现在，我问大家两个问题：在线小说黄金一章，也就是最初写的2000字的目的是什么？黄金一章的作用又是什么？

在具体讲解之前，我先给大家讲一个"怪事"：我的一位学生投稿到某平台之后直接被拒稿，另外两位学生也是如此。我很好奇，按照之前的节奏来看，他们的前三章，乃至前十章，写得还算可以，就算被拒绝也不可能这么快。我咨询了这个平台的编辑，获知该平台开始执行黄金一章法则。

什么叫黄金一章法则呢？即在第一章你要写出足够多的优质内容来，能够让编辑眼前一亮，让读者赞叹不已。这一要求对本就非常内卷的在线小说创作者来说，无异于难上加难。

接下来我重点讲解黄金一章的主要目的，只有两个（见图5-10）。

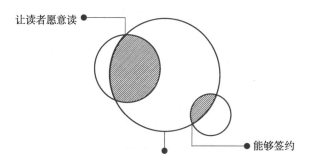

图5-10　黄金一章的主要目的

第一目的——让读者愿意读。

在线小说前三章也好，前五章也罢，乃至前十章，其核心目的只有一个：留下读者。大家要明白一点，想要在线小说获取收益，首先须讨好的一定是读者，因为读者愿意读、愿意看、喜欢看，这本在线小说才能有好的发展空间。如何能够让读者愿意读呢？

很简单，人设合理、事情得当、矛盾激烈，只要达到这三点（见图 5-11），读者就愿意读。

图 5-11　读者对在线小说的诉求和期望

第二目的——能够签约。

新手在写第一本在线小说的时候千万不要想着一书"封神"：我这本书将来要达到怎样的成绩，我这本书要如何如何。但凡要如何如何的，无一例外，都败了。我们要一步一步走，"一口吃不成胖子"，同样，一步你也到不了山顶。在线小说除了吸引读者，还需要让编辑欣赏，因为编辑欣赏，这本在线小说才有签约可能，在线小说只有签约了才有上架的可能，只有上架了才有被订阅的可能，只有订阅了才能够获得更高利润。

5.4　黄金一章的编辑心态分析

编辑在读黄金一章时，可能会有各种各样的想法。对此，我曾经咨询了一些不同平台的编辑，下面的观点不具备代表性，但仍具备一定的借鉴价值。

一些平台编辑是这样回复我的：他们在浏览某本在线小说，判断其能否被签约时，根本没有太多的时间和精力把这本在线小说的前三章详细阅读一遍，只能草草地扫几眼。

对于投稿在线小说，平台系统会优先甄别其是否侵权，然后判断其是否有敏感的字、词，再之后编辑只是大致看几眼，心里有个谱。如果是特别优质的在线小说，编辑可能会再读两三章，然后直接后台签约；如果不是特别优质的在线小说，编辑可能会分个等级，如 1、2、3 级或 A、B、C 级。有这些等级，就意味着编辑会过一段时间再来看看，判断其是否有签约潜力和资质。只要在线小说达到签约标准，就会被签约（见图 5-12）。

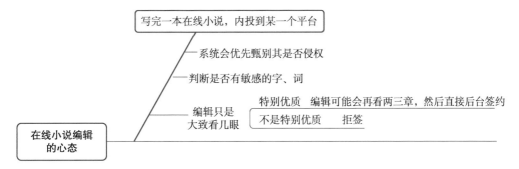

图 5-12　在线小说编辑的心态

所以，关于平台编辑的初审心态，我们可以简单地概括如下：新手辛辛苦苦写的一本在线小说，编辑可能连通读第一章的耐心都没有，这就意味着新手写的在线小说可能会越来越格式化：在线小说第一章前 500 字出现主角名称，在线小说第一章前 300 字必须有矛盾冲突，等等。

在什么情况下编辑会耐心地通读在线小说的前三章，甚至前十章呢？很简单，作者是优质的在线小说创作者。比如某一位在线小说创作者，曾经创作的两本在线小说，总收入分别超过 10 万元、30 万元，编辑就会上心。如果是某一位"大神"，比如在过去一年时间里净利润达到 7 位数，编辑就会拿着放大镜一个字一个字地读，甚至还会边读边夸（见图 5-13）。

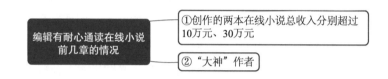

图 5-13　编辑通读在线小说前几章的情况

网络在线小说行业就是这样，是一个积累的过程。也就是说，新手在在线小说行业里要想被编辑重视，就要有自己拿得出手的成绩，而自己能够拿得出手的成绩，一定是从现在开始努力写在线小说，且在未来 2～3 年积累一定的资本。

如果以编辑这样的心态来分析，我们不妨再做一点延伸，一些在线小说创作者写完一本在线小说的前三章或前十章，凑够了 2 万字就兴致勃勃地把这本在线小说内投给某个平台或者直接在平台上发表，然后点击申请签约，可是点击后编辑拒签且给予反馈，那面对编辑或平台给予的反馈，我们应该如何看待？需要因编辑说过的一句话，我们就大改风格或者大改创作内容方向吗？未必，我们只能说有一些编辑看一眼就能查出在线小说的问题，那是否也存在看一眼明显觉得这本在线小说不合适，然后随便给个评语反馈，应付了事呢？

上面这段话的风险很大，指代性很强，我只想告诉大家：平台拒收你的在线小说的理由有千千万万，但千万不要让平台的一句话毁掉你创作的初衷，如果这个平台不同意签约，你可以试一下转投其他平台，或许会有惊喜。此外，在线小说扫榜工作也至关重要，如果你的扫榜准备工作做得好，符合该平台风格，那么你签约的成功率就会大大增加。

第6章
黄金三章写作框架及模板复盘

在线小说前三章的写作质量是在线小说能否被签约的关键因素。

在线小说黄金三章的总字数在 6000 字左右，从理论上说已经完成了一个故事的起承转合。换句话说，黄金三章最起码能够囊括故事的开始、中间、高潮部分——这里的故事指的是小故事。既然如此，黄金三章从某种程度上说可以理解为半个故事或半个剧情。

6.1 爆发点构造及案例讲解

在在线小说写作过程中，有两个点很容易产生混淆，分别是在线小说爆点和在线小说爆发点。在线小说爆点一般指某件事情在推向高潮前的关键因子；而爆发点则指某一件事情的高潮点（见图 6-1）。

图 6-1　在线小说爆点与在线小说爆发点

比如在线小说主要人物一段感情的开始、在线小说主要人物的出生和去世、突然出现的某种仪式都可以当作在线小说爆点；因为上述事件导致在线小说主角的蜕变，在线小说关键人物的生死存亡，以及在线小说主要人物价值观的崩塌和重建，都属于在线小说中的爆发点。所以我们可以把在线小说爆发点理解为三"点"：某一小段故事情节中完全炸裂的点，故事中最震撼人心的点，直击读者心灵的点。

为了更便于大家理解，我们先构造在线小说的爆点，再讲解在线小说爆发点。

假如你写的是玄幻在线小说，那么在线小说前三章的主要内容是：

主角生活在一个偏僻的小镇，平日异常低调，因为村中的族长不止一次告诉主角，出门在外万不可张扬，更不能向别人展示族人额头上的第三只眼，可是，事情总有意外。主角有一次外出游玩，来到周边某村落时，跟当地的几个小孩起了争执。主角告诉他们，自己家族所有的人都有三只眼。

当主角展示自己的第三只眼时，被这个村子的族长发现，并秘密报告给某神秘门派。该门派得知此消息后顺藤摸瓜，找到了主角及其家族聚居的地方，把家族中的人全部灭掉。此时主角正外出游玩，丝毫不知道这件事情。主角回到家乡发现整个家族中只有自己幸存。

以上是在线小说前三章中的具体情景，那么这本在线小说的爆发点在哪里？答案是在第三章结尾处，也就是黄金三章中的最后一章，主角意识到自己做错了事情并拼命补救，然后顺理成章拜师学艺、自我壮大，最终完成为家族报仇的自我救赎（见图 6-2）。

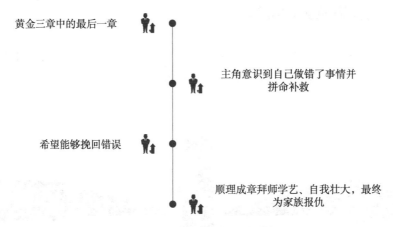

黄金三章中的最后一章

主角意识到自己做错了事情并拼命补救

希望能够挽回错误

顺理成章拜师学艺、自我壮大，最终为家族报仇

图 6-2　在线小说的爆发点讲解

上面的例子不是我凭空编造的，而是我的某位学员写的。这本在线小说让我印象深刻的一点是：签约申请第 2 天就被拒稿了，而拒稿的原因很简单——主角有问题。

主角因为自己的愚蠢糊涂、年少无知，做了错误的事情：他过早地暴露了家族人有第三只眼的秘密，让一个无比庞大的神秘门派把自家族人打得灰飞烟灭。这件事情的主要责任人是谁？是主角吗？当然是主角。主角既然有如此大的错误，那他后面做的事情究竟是为家族报仇，还是亡羊补牢呢？也就是说，这本在线小说最开始就已经把主角设定为顽劣不堪的孩童，那么无论这个孩童后来如何补救，都不能让读者满意（见图 6-3）。

图 6-3　在线小说写作时的两大注意事项

所以，我们要以此为鉴，在写在线小说大纲的时候，或者在写在线小说黄金三章的时候，不要让主角犯原则性错误，不要因主角的某一点疏忽而导致家族灭门，否则即使这本书写出"花"来，也很难被签约。

假如你想写历史在线小说，前三章应该是这样的：

一道闪电劈向主角，主角阴差阳错穿越到了明朝崇祯皇帝身边。此时的大明帝国已经奄奄一息，崇祯皇帝刚刚将袁崇焕千刀万剐，南方有盗贼作乱，北方又有外族入侵。就在崇祯皇帝与大臣一筹莫展之际，你突然穿越到了一位大臣身上，然后告诉崇祯皇帝自己的建议：对京城百姓大肆搜刮，让朝中文武百官把钱全部拿出来归入国库。可这时，突然有位大臣指责你贪污受贿，崇祯皇帝便把你关入牢狱。

这部在线小说的爆发点是什么呢？明眼人已经能看出来了，爆发点就是你被关入牢狱，然后绝地求生。

讲解完两本在线小说的案例，相信你对爆发点有了一定认识。接下来，我们再来看一下爆发点是如何构造的，分五步走（见图 6-4）。

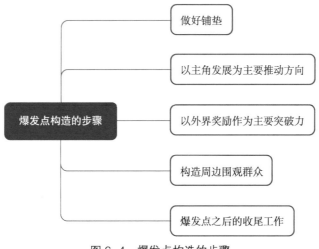

图 6-4　爆发点构造的步骤

第一步，做好铺垫。

铺垫可以是由强向弱施压，也可以是由弱到强反弹，也可以是人与人、人与物、人与环境之间的关系变化。

第二步，以主角发展为主要推动方向。

也就是说，在线小说以主角由弱到强为发展方向，即：主角从最开始的昏庸糊涂发展到后面的明事理、懂得失，主角从最开始的无所畏惧发展到后面的沉着冷静。主角的发展即事件的主要发展方向，而主角的每一次蜕变也就是在线小说的每一次爆发点。

第三步，以外界奖励作为主要突破力。

什么是外界奖励？当主角身份发生逆转，或主角决定做一些事情，或在线小说内容达到爆发点时，外界的奖励往往随之而来。比如玄幻在线小说中跨越阶层的对战，主角与强大对手战到平手甚至战胜对方，以此获得某些利益（见图6-5）。

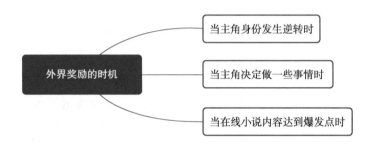

图6-5　在线小说外界奖励的时机

第四步，构造周边围观群众。

真正的爆发点周边需要有人随声附和。好花还需绿叶衬。我们在读在线小说时，主角或反派角色或某一个人物突然间做了一件惊天动地的大事，则其周边的人不会无动于衷，要么拍手，要么鼓掌，要么窃窃私语，要么大声高歌。总之，周边人物的反应对于爆发点来说具有侧面烘托作用。

第五步，爆发点之后的收尾工作。

当在线小说发展到某个爆发点的时候，我们要做好收尾工作。所谓的收尾工作是告诉读者，事情到此为止。其后，主角可能要去做某些事情，或周边人要去做某些事情，用来对接下一个爆发点。

6.2　先扬后抑与先抑后扬的区分

在线小说在创作过程中，主要角色的发展一般有先扬后抑和先抑后扬两种方式。那么二者有什么区别呢？先扬后抑一般指主角以高光形式出场，然后慢慢压抑，最后异常落魄，好比余华的作品《活着》中的主人公福贵一生的命运。那先抑后扬呢？是说主角最开始身份极惨或身份地位极低，经过一系列的努力，总算扬眉吐气，赢得人生高光时刻（见图 6-6）。

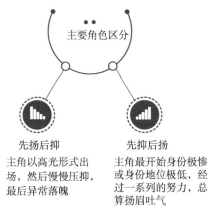

图 6-6 先扬后抑与先抑后扬

关于在线小说中的主要角色或主要人物的发展，我总结了一套口诀，那就是"前期主角越惨，后期主角越爽，签约概率越大，获取收益能力越强"。

简而言之，在线小说的主要角色在最开始的时候不要以高姿态的方式出场，因为高姿态必然导致读者产生疏离感，这方面我用都市在线小说举例说明。如果在线小说主角是一个亿万富翁的孩子，每天吃穿住用都"不差钱"，吃一顿早餐甚至需要花掉几千元。在第一章主角就已经走入人生巅峰了，如果你这样写，那么这本在线小说的可读性几乎为零，因为大家会认为你并不是在写在线小说，而是在炫富。同样的道理，在玄幻在线小说中，主角刚出生就已经成为天地间最顶尖的高手，没有任何敌手，在这种情况下主角已经不需要有故事线发展下去了（见图 6-7）。

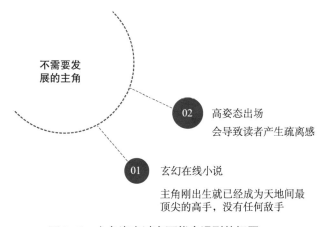

图 6-7 主角姿态过高可能会遇到的问题

只有一种情况除外，那就是开篇高端局慢慢走向低端局，也就是下坡路，但下坡路的存在往往会使在线小说由喜剧转为悲剧，而大多数在线小说读者对悲剧是排斥的，毕竟读在线小说是为了开心，而不是读完在线小说后趴在床边哭两个小时。除非你是"大神"，能够写出悲剧作品，并且能够走出属于自己的路子，否则选择先扬后抑，无异于死路一条。

6.3　主角模糊法及案例讲解

在 2022 年 6 月到 10 月的三个月时间里，我突然发现我的几位优秀学生写的在线小说遭遇了平台冷处理。直到 10 月底的时候，这些学生陆陆续续收到编辑的通知，表示他们写的在线小说不错，质量也不错，但就是不给签约。后来，根据这几位学生给我发过来的私信及他们的在线小说原稿，我突然明白问题出在哪里：他们在在线小说的前 300 字中并没有出现主角名字。

从那个时候开始，我把这几位学员的经历当作反面案例，不止一次告诫学员：如果你希望在线小说获取收益，希望在线小说签约，那么你的在线小说前 500 字一定要出现主角，而且必须是一个具象化的主角（见图 6-8）。

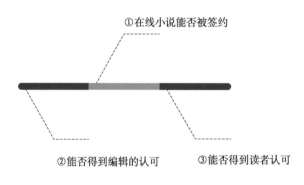

图 6-8　在线小说主角出场的重要性

之所以部分学员会选择主角模糊的创作思路，是因为在 2022 年 6 月之前，他们受到了某些在线小说导师的影响，那位在线小说导师是这样说的：

在线小说第一章其实压根儿没有必要出现主角的名字，要具备朦胧感，因为你越具备朦胧感，编辑就越好奇，读者也好奇。当我们尝试预埋伏笔，读者会更愿意读我们的第二章、第三章，只要我们的在线小说上架，那最终赚大钱不是早晚的事吗？

这套理论在逻辑上其实是没问题的，但并不适用所有作者：在线小说作者必须已经出名，且具备 1 万黏性粉丝，否则这样写会有很大风险。

细品一下，这种写作模式无非是引导在线小说创作者在在线小说第一章或前三章，不过多叙述主角，只告诉读者，这本在线小说中有这样一个神秘人物，他经历了一系列神秘事件，再在第二章或第三章揭示神秘人物（在线小说主角）的真正身份。怎么样，这种写法是否惊喜、是否刺激？会不会给读者更好的阅读体验呢？

坦白地讲，这种创作方式非但不会带来好的阅读体验，还很容易招致读者反感。为什么呢？因为读者也会非常好奇：这本在线小说讲的究竟是什么内容？怎么第一章连个主角都没有呢？我还有读下去的必要吗？大部分读者在读到第一章前 500 字时没有看到主角，会失去耐心，就直接不读了。

也就是说，连让读者读第二章的机会都没有，那么寄希望于用所谓的主角模糊法吸引读者阅读兴趣，其后让读者订阅或打赏，真是比登天还难。

为了让大家更好地理解如何通过在线小说写作获取收益，我在黄金三章中对主要角色做如下注释（见图 6-9）。

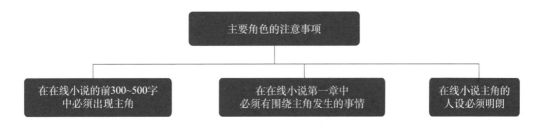

图 6-9　主要角色的三点注意事项

第一点，在在线小说的前 300 ～ 500 字中，必须出现主角，最好在在线小说前 3 ～ 5 段出现主角。出现的目的是让读者明白，眼下重点描述的这个人就是在线小说中的主要人物，大家应多注意、多留神，只有这样，才方便后期描写主角的成长突破，更容易为主要角色打上标签。

第二点，在在线小说第一章中，必须有围绕主角发生的事情。如果你只想着前 300 ～ 500 字中有主角出现就万事大吉了，那是大错特错。我举个简单的案例：

你写的在线小说是架空历史在线小说，穿越时代是崇祯年间。崇祯虽然是知名度较高的人物，但不是在线小说中的主角。在线小说中的主角是王二狗，只在前 300 ～ 500 字中一笔带过，讲王二狗穿越到了这个时间段。然后，你转而去写崇祯皇帝，甚至写了三章、五章甚至十章的崇祯故事，之后才切入正题，开始讲主角的故事。这也是不行的。

第三点，在线小说主角的人设必须明朗。什么叫主角人设？如果我们在在线小说第一章中讲了在线小说主角平日里好吃懒做，遇到事情侃侃而谈；或者平日性格稳定，但是遇到事情的时候毛毛躁躁，这种平日里和遇到事情时的两种极端反差是不可取的。

在第一章中，读者若接受了过多的主角人物设定，属于人设模糊；还有一些在线小说出现了完全没有人设或者完全随大流的模式，比如主角对旁边的人物说的任何一句话、做的任何一件事，都一味点头说"对对对"，这类主角人设也不明朗。

做好以上准备功课后，在线小说主角的塑造基本完成。在线小说主角塑造在未来300～500章，性格方面不要发生太大变化，否则读者可能不适应。更重要的是，本小节不建议在在线小说写作中运用主角模糊法，因为这个方法对在线小说创作者有百害而无一利，尤其是对在线小说新手更甚。

6.4　挖坑禁忌事项及特殊情况讲解

只要进行在线小说写作都会触及常见的两个坑——挖坑和填坑；挖坑可以简单理解为预埋伏笔，填坑是把伏笔给交代清楚（见图 6-10）。

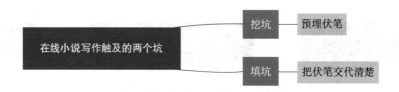

图 6-10　在线小说写作触及的两个坑

在黄金三章中，理论上也需要我们挖坑，也就是要预埋伏笔来吸引读者阅读，并让读者有继续读下去的兴趣，因为读者想要的答案并没有在黄金三章中完全展露出来，读者就会对这本书产生些许期待。关于挖坑一般有三种情况，下面分别进行讲解（见图 6-11）。

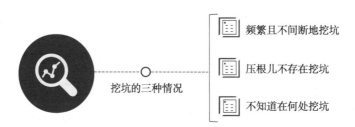

图 6-11　挖坑的三种情况

情况一，频繁且不间断地挖坑。我曾经看过 10 本专门挖坑的在线小说，有 5 本走向这一极端。极端到什么程度？三章有近 6000 字，在这 6000 字中随处可见都在挖坑，甚至挖坑数量超过了 20 个。给我印象最深的是一位学生的"神作"，大致内容是这样的：

主角王充，今年 12 岁（为什么 12 岁暂且不谈），他要去一个神秘的地方（去的是哪一个地方暂且不说），遇到了一件危险的事情（是什么危险的事情暂且不言）。

就在这个时候，天色突然大变，一个神秘妖兽从天而降，周边人全都跑了，在跑的过程中，嘴里还嘟嘟囔囔，不知说着什么。主角却不为所动，依然往前走。可主角走了两步之后，发现大地在不断颤抖，远处的妖怪越来越多。主角的两腿突然变成了水泥柱，全都碎了。天上突然出现 26 个太阳，地上又凭空出现 2 个月亮，附近有三个猴子正在往树上爬。更诡异的是，树突然长了脚，稀里哗啦地朝着某个方向跑去。眼见妖兽越来越近，主角却不知道妖兽究竟为何物。主角在发懵之际，突然失明，眼珠子不见了。

这是我的学生写的大概内容，具体内容应该比我说的这一段更夸张。整整三章没有给读者交代清任何一个人、事、物，只是在不断地叙述周边恐怖诡异的情况，而且所有的诡异情况都不合常理。

当时我问这位学生：你为什么要这样创作？这样创作对在线小说有什么好处吗？学生回答：因为这样创作可以挖坑，挖了坑就相当于预埋伏笔，就可以吸引读者阅读。

道理是这样，但是如果挖坑数量过多，频次过快，读者就不会认为你在挖坑，而会认为你在故弄玄虚。在第一章故弄玄虚可能会吸引读者，但连续三章都这样，可读性将会变得极低。

情况二，压根儿就不存在挖坑。有些小伙伴在写在线小说时不会挖坑，或者在线小说中压根儿就没有设置好挖坑的伏笔，每一章都平铺直叙，都是一个单独故事。这种每章都是单独故事，更像故事会或者自媒体写的文章，这种方式也是不可取的，因为不挖坑就意味着没吸引力，不挖坑就意味着没有诱惑力，没有吸引力和诱惑力，读者就不会去阅读。

情况三，不知道在何处挖坑。我们开始讲到关键处了。首先我问大家，如果在线小说第一章的第一段就开始挖坑，作为读者，你会有印象吗？一般很难有印象，但是我们又佩服某些特别优秀的在线小说创作者在第一章的第一段就开始挖坑，而且给读者印象颇深，这种情况出现的概率不大。

作为读者，你为什么会读这本在线小说的第一章、第二章、第三章呢？是不是因为读完这本在线小说第一章觉得意犹未尽，读完第二章又有情节在勾着我们，读完第三章又想读第四章。以此类推，当我们读完一百章、两百章的时候，就已经欲罢不能，再之后只能开启付费阅读模式了。

通过对这三种情况的简单分析，我们就能够明白应该怎么挖坑了。

其一，最好在单章节最后结尾两段处挖坑。在此处挖坑最大的好处是能够吸引读者阅读，让读者继续追读这本在线小说。

其二，可以挖小坑。动辄几十章甚至几百章之后再挖坑，这种操作大可不必，我们可以挖小坑，比如当这一章的内容讲到某个动作的精彩处、某个武打的关键点突然中断，留待下一章我们继续讲。

其三，挖坑后必须填坑。如果挖完坑后不填坑，轻则失去读者，重则会引来在线小说界的恶名。大家想一下，在线小说圈子里面是否有一些人一直顶着"挖坑不填"的名号？而顶了这些名号仍然能够写在线小说的，大多是有一定文化底蕴或者早些年打出过名堂的写作老手。对于大部分的普通在线小说创作者来说，挖坑不填等于自绝后路。

我们再来看一下挖坑有哪些禁忌事项。其实禁忌事项和上面的挖坑注意事项有很多重叠之处。所以我们简单总结成一句话：所有的坑都要填，不能频繁挖坑，也要照顾到读者，打造共鸣（见图6-12）。

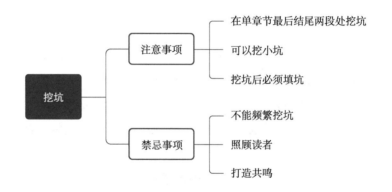

图6-12　挖坑的注意事项和禁忌事项

但所有的挖坑与填坑还有一些特殊注意事项，需要单独讲。

之所以单独讲，是因为在前文我讲过在线小说如何扫榜，而在线小说扫榜中的挖坑事项和填坑事项比新手想象的更加复杂：他们可能挖了一个坑，填这个坑需要200～500章，甚至有的在线小说在第一段就已经挖好了坑。

但我们又不得不佩服，人家的文笔远超我们，人家的写作素养远超我们，人家的粉丝量也远超我们。在三方面都不占据优势的前提下，对于在线小说高手的挖坑模板，我们可以适当模仿，但不能照搬照抄。

6.5　黄金三章的几大误区

在构造在线小说黄金三章的过程中，有五大误区，我们一定要及时规避，具体如下（见图6-13）。

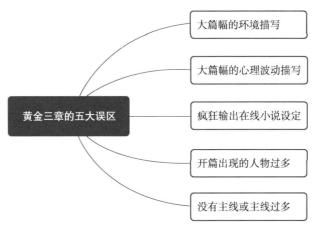

图 6-13　黄金三章的五大误区

第一误区，大篇幅的环境描写。

在一些都市在线小说中，部分作者可能会这样描写环境：

天是蓝的，水是清的，草是绿的，走在路上，一片暖洋洋的光景，周边都是高楼大厦，天空万里无云。这一路走下去，不知看了多少美好风景。正值秋风吹落叶时节，脚下的树叶堆积在一起，一脚踩下去沙沙作响。树下有一位老大爷正在拉二胡，声音那叫一个好听，旁边有两个小孩子在玩耍打闹，其中一个小孩子趁着老大爷不注意，把他放零钱的盒子直接拿走了。

这种大篇幅的环境描写包括且不限于人、事、物，非常不利于读者阅读，更重要的是这种环境描写本身代入感就很差，如果是抒情文或者散文，读者还可以理解，但如果这是写给读者阅读的都市在线小说，那非常抱歉，连在线文学的门槛都没有触及。通常在线小说中开篇环境描写越多，被拒签的概率就越大。

第二误区，大篇幅的心理波动描写。

在一些都市在线小说中，部分在线小说作者可能会这样描写心理：

晚上 12 点，主角孤身一人走在马路上，周边一个人都没有，主角心里想：

"如果这个时候突然来一个妖魔鬼怪，我是不是小命就交代在这里了？那就算没有妖魔鬼怪，万一来一个拦路抢劫的，我是不是就得把所有的钱都交过去？我现在包里只有 3.5 元，把这些钱交给人家，人家会不会嘲笑我？他就算不嘲笑我，看到我的钱包如此寒酸，会不会趁着没人的时候直接暴揍我一顿？

"晚上，我干吗偷偷摸摸地跑出来呀！早知道这样，就不应该跑出来，如果不跑出来会不会遭遇到一个磨难？一会儿如果出现问题，这个问题该怎么解决？如果没有出现问题，我为什么现在那么害怕？我害怕的原因是什么？

"难不成这个世界上真有妖魔鬼怪？就算没有妖魔鬼怪，后面如果有一只野猫或野狗突然咬我一口也受不了呀，大晚上谁知道这只猫是谁的猫，谁知道那只狗是谁的狗……"

主角、配角、反派角色偶尔的心理波动可以有，但是心理波动绝对不等同于长篇大论，如果心理波动可以写出一篇文章或者构造出两个章节，这种心理波动就完全没必要存在。大篇幅的心理波动在一定程度上会被编辑判定为滥竽充数或为文章凑字数，在某些平台上甚至连签约上架都不可能。这种在线小说就算上架了，看到这样的创作水准，平台编辑十之八九也会限制推荐（见图6-14）。

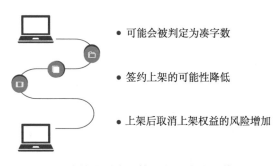

- 可能会被判定为凑字数
- 签约上架的可能性降低
- 上架后取消上架权益的风险增加

图6-14　在线小说中大篇幅心理波动的潜在风险

第三误区，疯狂输出在线小说设定。

在一些玄幻在线小说中，部分在线小说可能会这样描写"世界观"：

一个世界一共有三个大陆，三个大陆有二十六个宗门，二十六个宗门彼此都有矛盾。除了这个世界，宇宙中还有九重天，每一重天一共有六片大陆，每一片大陆大概有20～60个宗门。突破九重天之后会到达28周天，28周天也是这样，28周天之外则是一个神秘世界。

这个神秘世界中有一个神秘宗主，神秘宗主的能力非常强大，动辄可以毁灭一个星球。神秘宗主的顶头上司是一个暗黑使者，暗黑使者是服务于某一个大人物的仆人。

在在线小说第一章或者前三章当中，动辄用500字甚至1000字以上给大家疯狂输出"世界观"或者在线小说中的某些特殊设定，这样做并不会吸引读者，反而会引发读者反感。因为所有的"世界观"或设定都是枯燥乏味的，读者读这本在线小说并不是为了受教育或受科普，这些内容可以在后期在特定场合给读者叙述，但是在此处叙述绝对不合适。

第四误区，开篇出现的人物过多。

在一些历史在线小说中，部分在线小说作者可能会这样写。

朝堂之外，太监已经敲起了鼓，进入皇宫中的大臣分别是 A、B、C、D、E、F、G，除了这些大臣，两侧还有 128 个大臣以及 400 名锦衣卫，他们的名字分别是……朝堂之上，皇帝的名字是 ××，皇帝左右两侧共有 28 位宫女、16 位太监，他们的名字又分别是……

在线小说前三章主要人物的限制如图 6-15 所示。

前三章主要人物名　　　　超过五个应加以精简　　　　将角色名字分出主次
字建议不超过五个

图 6-15　在线小说前三章主要人物的限制

这里的举例有点夸张了，但是部分历史在线小说中出现的人物名字的确过多。大家要注意，三章节的在线小说也就是 5000 ～ 8000 字，不能再多了。8000 字是一个什么概念？如果你按照读者的阅读效率来看，3 ～ 10 分钟就基本阅读完了；如果用电脑阅读，那更是一目十行。

读者用 3 分钟的时间能记住 10 个以上的名字吗？这是很难的事情，除非给他们起外号或者以一种形象的方式进行描述，再或者对人物、人设展示得极为成功，但问题的关键在于就算展示得极为成功，读者也未必能够记得住所有人物名字。在线小说黄金三章能够出现的主要人物名字在原则上建议不超过 5 个，如果超过了 5 个，就需要精简一下，或者分出主次，这一点非常关键。

第五误区，没有主线或主线过多。

在一些都市在线小说中，部分在线小说作者可能会这样写：

主角年幼时便已经失去了父母，平日里孤苦无依，在爷爷奶奶的养育下，好不容易长大成人，一时兴起想考上好大学，报效国家，告慰父母；在考大学的过程当中，主角又希望能够谈一场轰轰烈烈的恋爱；在谈恋爱的过程中，主角又想着去创业，打造自己的商业帝国；在打造商业帝国的过程中，主角又想着照顾自己的爷爷奶奶，给爷爷奶奶一个幸福的晚年。

一篇在线小说的主线只能有一条，不可过度延伸，延伸出来的只是支线而不是主线。大家要明白这一点，在线小说中若主线过多就等于没有主线。

额外补充：

在讲解五个误区时，文中所举例子为都市在线小说、玄幻在线小说、历史在线小说，它们只是随机选择的在线小说领域以及随机创作的选题，事实上任何一个在线小说领域在创作的过程中都不能触犯以上五大误区，否则就写不好黄金三章，更没有办法依托前三章的优势签约上架。

6.6 情节 > 可读性 > 科普

在线小说在创作的过程中有优先级排序，原则上说，黄金三章中，情节的优先级 > 可读性的优先级 > 科普的优先级（见图 6-16）。我先给大家讲一下情节、可读性和科普分别代表什么。

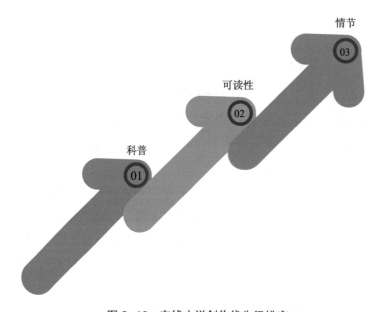

图 6-16 在线小说创作优先级排序

情节指的是有趣的故事设定、有趣的人物，简而言之就是读者读得有趣。下面，我举一个极端案例：

按照正常的人物设定，每一个人都是用脚走路的。突然有一天，我有一个亲戚走路的时候，先把头发剃光了，然后倒立着往前走。别人都是用嘴吃饭，他是用脚后跟吃饭；别人是用鼻孔喘气，他偏偏用耳朵喘气。

再比如：

在常见的设定中，玄幻在线小说的主角遇到困难的时候，第一时间为了保护自己家族或者亲朋好友的安全，不惜以牺牲自己生命为代价。但如果我们设定一个在线小说情节，主角在遇到危险时，二话没说第一时间开溜，把自己的朋友全部出卖了——通过出卖朋友的方式获得利益最大化。

可读性是指读者能够读得通、读得懂、读得明白。有一些人连话都说不明白，写一句话从头到尾一共 8 个字，却有 6 个错别字。一句话，断句都断不清楚，这是有问题的。如何改这个问题呢？可分为两步：首先要扫榜，看人家是怎么写的在线小说，看人家在线小说的内容；其次，要多写多练，要不断地写，写完之后不断地改，改到读者能读懂读通为止。

如果自身写作能力实在欠缺，可以多读在线小说、多写在线小说，写完后让亲朋好友提意见，慢慢成长，这是所有在线创作者必然经历的一步。

科普是给大家输出价值观、人生观、世界观等。玄幻在线小说中的世界是怎么分层的？修仙者和普通人是如何区分的？都市在线小说中每一个人物的人设是什么？历史在线小说中，历史潮流、历史事件中有各种各样的价值观念，注重输出这些价值观念只会让读者反感。因为价值观念输出过多，就有种好为人师的感觉了。这种内容会给读者一种强行科普或强行说教的体验，读者是很难接受的。所以，本书把科普放在最后介绍。适当或者巧妙进行科普可以，但不能频繁且硬性科普（见图 6-17）。

图 6-17　在线小说创作中的三大指标释义

第7章
黄金十章写作框架及模板复盘

如果说黄金三章是整部在线小说能否被签约的唯一判定标准，那么黄金十章则是决定读者能否读下去的唯一判定标准。这句话说得有点绝对，在实际操作过程中，可能会有例外。但我们一定要以这样的理念写在线小说，因为只有这样，才能利益最大化。

对于新人来说，在线小说写作第 5 天就签约和在线小说写作第 50 天才签约的效果是截然不同的；同理，对于一本新人在线小说来说，第一位订阅的读者在写作 3 个月后出现和在写作 9 个月后出现的状态也是截然不同的。在线小说写作是一个极其漫长的过程，它的回报滞后，但我们一定要在最短时间内拿到成绩，找到信心，不然，在经历两三次的在线小说写作尝试后，必然会以失败告终。

7.1 科普的必然性以及非主要性分析

在讲解在线小说黄金一章和黄金三章时，我曾明确表示：在线小说不要大面积科普，尤其是在黄金一章中。

比如你告诉读者：某个世界一共有几重天，每一重天有怎样的世界，每一个世界有怎样的机遇，每一个机遇有怎样的风险。一共 6000 字，你给读者讲解了 4000 字的科普文，那么读者是在读一本在线小说还是在读一篇论文？大可不必。大量介绍科普知识在一定程度上会失去读者群体，那么黄金十章是否也不用科普？不，黄金十章和黄金三章有着本质区别。

按照每章 2000 字计算，在线小说黄金十章总字数在 18 000 ～ 25 000 字，容量相当于短篇在线小说。这个章节排序在一定程度上意味着你需要给读者传递一系列的观念，包括但不限于人生观、世界观、价值观以及其他关键信息。

如果不传递这些关键信息，读者可能会处在"一读三不知"的状态，即：不知道在线小说的主角设定，不知道在线小说的剧情设定，不知道在线小说的宏观方向。一旦连这三样都不懂，除非是典型的同人在线小说或游戏在线小说，即原有的人物设定

已经存在或游戏知名度很高，不需要额外铺垫，读者一眼就能明白是什么意思，否则
会增加在线小说的阅读难度。

那么在线小说黄金十章需要科普哪几方面呢？这里简单汇总一下（见图 7-1）。

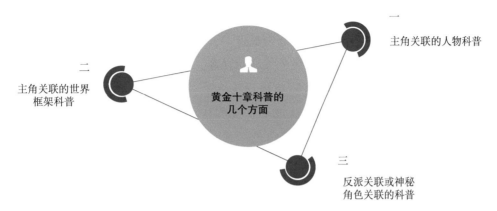

图 7-1　在线小说黄金十章科普的几个方面

科普方向一，主角关联的人物科普。

你不需要对主角做过多科普，因为主角的一言一行、一举一动已经透露出主角的人
设、性格、脾气、大局观等，而你需要科普的是主角有没有关联人物，比如：

主角在年幼时父母双亡，因为父母本身身份特殊；或者主角是个孤儿，某天深
夜被一个神秘人送到族长家中，而这个神秘人来自东方世界或西方世界。

都市在线小说中主角身边的几位朋友、游戏在线小说中某些终极头目或游戏闯关
设定，都是你的科普方向。

科普方向二，主角关联的世界框架科普（见图 7-2）。

图 7-2　主角关联的世界框架科普

　　无论是都市在线小说、历史在线小说、灵异在线小说，还是玄幻在线小说，都需要有世界框架。比如历史在线小说中，主角处在哪一个历史阶段，面对的是怎样的历史环境和历史变化。再比如玄幻在线小说中，一个山头上有几个宗门，主角认知范围内最强大的势力是哪一个？这个势力要有个特色，要给读者基础认知，最起码得让读者明白主角在当下阶段会遇到怎样的周边威胁。

　　科普方向三，反派关联或神秘角色关联的科普。

　　所有的在线小说几乎都可以简单地理解为有主角，有反派角色。一些文艺作品或特殊作品没有反派也能够大获成功，说明作者的创作功底极为出色，值得肯定。但大部分在线小说有正、反两派角色，对于反派的简单讲解或科普，或者对于反派与正派中间的神秘人物进行科普，就变得尤为重要。比如某些武侠在线小说中"扫地僧"式的高手也需要进行适当科普，以免在关键环节突然出现时让读者略感突兀。

7.2　故事性>可读性>情节>科普

　　黄金十章与黄金三章的优先级排序略有区别。在黄金三章中，情节的优先级>可读性优先级>科普的优先级。而在在线小说黄金十章中，故事性的优先级>可读性优先级>情节优先级>科普优先级。也就是说，在原有优先级的排序中，可读性要高于情节，且增添一个故事性的优先级（见图7-3）。

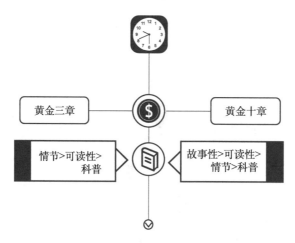

图7-3　黄金三章与黄金十章优先级对比

　　我们按照顺序分析一下。首先，故事性是什么？故事性和情节好像没有太大区分。但实际情况并不是这样的，故事性在黄金三章中可以缺失，但在黄金十章中却是不能缺失的关键一环。

　　所谓的故事性是指在黄金十章中要增添故事色彩。举个简单案例：

给你 10 分钟的时间讲一个故事：可能这个故事没有讲完，讲了 1/3 或者 1/2；可能这个故事刚刚讲完；也有可能这个故事你可以 3 分钟讲完，然后你用 7 分钟讲了两个故事。

黄金十章中，你无须给读者展示完整故事，让读者明白事情的起因、经过、结果，但需要给读者搭建一个故事的架子。伴随着在线小说发展，故事也会越来越多，而故事又有大小之分：一个大故事可能囊括若干个小故事，小故事可以当作在线小说的支线，大故事可以当作在线小说主线的一部分。故事性的强弱影响到能否引发读者共鸣，如果一个故事缺乏故事性，本身不具备任何可读性，读者扭头就去读其他在线小说了（见图 7-4）。

图 7-4　故事性在黄金三章与黄金十章中的区分

而情节中有趣的人设、有趣的环境设计反而没有那么重要了。故事性能引申出可读性，而情节未必能引申出可读性，所以可读性要放在故事性的后面、情节的前面。

但无论如何，科普仍然要放在最后。也就是说，黄金十章有科普，但科普绝对不能占据大篇幅，你可以在适当的地方巧妙铺垫一下，不过大可不必用在线小说一整章做科普。

7.3　强烈建议塑造的六环节

在在线小说黄金十章中，我们要塑造六个环节，这样会奠定在线小说的阅读基调，吸引在线小说的第一批忠实粉丝。这一点非常关键，很少有在线小说创作者会意识到第一批忠实粉丝的重要性，因为大部分人只想着写完这一本就行了，至于下一本什么时候写都不知道，既没有规划，也没有对未来发展的期望。这是非常不可取的。要知道，第一本在线小说的忠实粉丝会带动第二本在线小说，甚至第三本在线小说的阅读量，长此以往，在线小说签约的概率会越来越大，获得的利润也就越来越高。

第一环节，矛盾点。我们在此处对矛盾点进行分类，以便让大家能够更好地理解在线小说中的矛盾应该如何塑造。矛盾一共分为以下几类：妻离子散、家破人亡、利益资源争夺、因误会引发巨大矛盾、配偶争夺权限、环境被动抉择、亲友利益背叛（见图 7-5）。

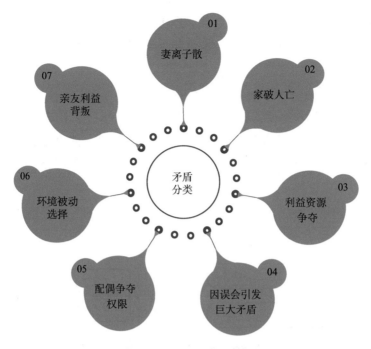

图 7-5　七大矛盾分类

在这七大矛盾中，我们重点讲环境的被动抉择。举个简单案例：

玄幻世界天地之间风云突变，环境不再适合普通人生存，如果普通人在三个月内无法进阶为修仙者，将会随天地一同陨灭。

这就是环境被动抉择。一般环境被动抉择会在无限的人群中开放有限的生存通道，以此引发矛盾。

对于其他矛盾，可以简单概括为资源的缺失、利益的受损以及其他情况引发的激烈矛盾，而这些矛盾在在线小说前十章中必须展现出一两个，不宜过多，也不宜过少。

第二环节，误会点。误会会引发矛盾，但误会不只引发矛盾，二者不是包括与被包括关系，只能说二者在某种程度上存在交叉。

误会一共分为以下几类：亲友误会、师徒误会、宗派误会、国家误会、主观误会、被动误会（见图 7-6）。

接下来重点讲主观误会和被动误会是如何区分的。主观误会是因为主角主动做了某些事情导致的误会，这些误会主角知道，周边人可能也知道，但主角因为各种条件受限，没办法把误会澄清，甚至会迫于外界压力主动当"背锅侠"，这些都可以归到在线小说的主观误会中。而被动误会一般指阴险狡诈的小人或反派力量主动给主角泼脏水，以此来败坏主角名声。

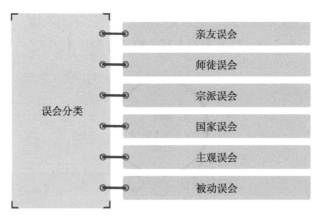

图 7-6　六大误会分类

　　第三环节，地图板块。在黄金一章中，我不建议大家做地图方面的科普。毕竟只有 2000 字，如果我们用 1800 字讲这个世界是怎么组成的，世界在组成的过程中有哪些特殊情况，国与国之间、区域与区域之间、宗教与宗教之间、门派与门派之间有何矛盾，是没办法吸引读者阅读的。但黄金十章从理论上讲足够我们对地图或者世界观念做简单科普。

　　下面对地图板块给予分类，以便大家更好地了解在线小说中的地图板块该如何塑造。地图板块一共分为以下几类：以村为主的地理位置划分、以宗派为主的地理位置划分、以国家边境线为主的地理位置划分、以星球为主的地理位置划分（见图 7-7）。

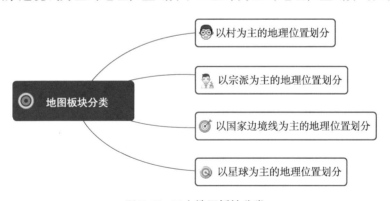

图 7-7　四大地图板块分类

　　因为黄金十章也不过才 20 000 字左右，所以以国家或星球为主的地理位置划分意义不大，我们重点以村为主或以宗派为主进行介绍。以村为主，一般是村的东南西北四个方位，最好是正东、正南、正西、正北四个方位，而不是东南、东北、西南、西北四个方位。

　　第四环节，主要人物及主要人物关系。在黄金十章中，原则上主要人物不能多于 10 个，因为读者的注意力终究有限，很难在短时间内记住大量的主要人物，就算能记住大量主要人物，也绝不会为了看你这本在线小说，拿着纸笔在一旁做笔记。下面对主要人物给予分类，分别是主角、主角关联的 2 ～ 3 位正面人物、反派角色、反派角色关联的 1 ～ 2 位反面人物，以及若干中间人物（见图 7-8）。

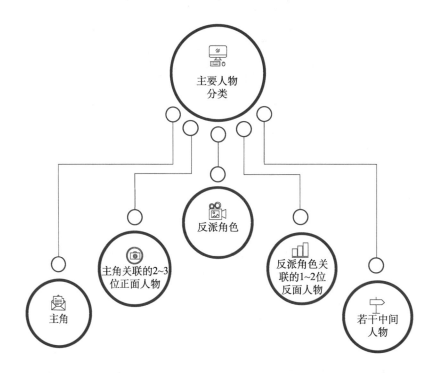

图 7-8　五大主要人物分类

这里的中间人物未必是正面角色，也未必是反面角色，他们可以是宗派中的长老、游戏中的 NPC（非玩家角色）或都市中的实权人物。

第五环节，主要季节与主要人物之间的关联。

第六环节，主要环境与主要人物之间的关联。

因为第五环节和第六环节有相似之处，所以我把第五环节与第六环节合并在一起讲，准确地说，环境与季节之间有交叉选项，但季节更重要，需要单独讲。写完在线小说前十章，你可以想一下在线小说中的季节有没有明显的春夏秋冬的交替，如果没有，是否意味着你写的在线小说已经默认春夏秋冬四个季节为一个整体，如果是一个整体，就会出现另一个问题——对于下文叙述的与春夏秋冬季节交替相关联的故事情节需要抛弃。

对于新手创作者来说，如果在线小说中没有季节变化，在百章节后出现某个季节会显得非常突兀，理论上讲在线小说在前十章就要出现对季节的叙述，比如春风徐徐、夏季炎热、秋风萧瑟、冬季严寒。

环境则包括但不限于环境的立体感、环境的变化以及东南西北方位。下面举个简单案例：

玄幻在线小说中，主角和反派两个人物进行争斗。南边有一座山，北面有一条河。主角一拳把反派打到了山里面，而反派动用终极技能把主角推到了河沟里。主角顺流而下，最终在一个不知名的村落里"满血复活"。这就是环境感，也就是立体感。

我们一定要塑造在线小说中的立体感。立体感的主要作用是吸引读者阅读，读者在阅读的过程中会感受到周边环境和方位的动态变化。

掌握了黄金十章塑造的六大环节（见图 7-9），会提升在线小说签约上架的成功率。

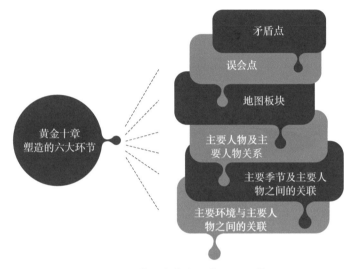

图 7-9 黄金十章塑造的六大环节

7.4 亮点 + 冲突 + 期待（三板斧理论分析）

在黄金十章中，无论写什么题材的在线小说，都需要满足三点：有亮点，有冲突，有期待。上述三点又可以称为在线小说签约的三板斧，只要做好这三点，你的基础阅读数据就不会太差，平台签约更是板上钉钉。

我分别解读一下有亮点、有冲突、有期待究竟是什么意思（见图 7-10）。

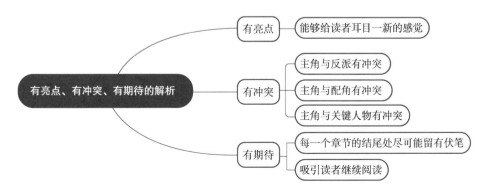

图 7-10 有亮点、有冲突、有期待的解析

有亮点，指的是能够给读者耳目一新的感觉。

这种耳目一新的感觉可以通过反常识的设定塑造。比如在套路化写作中，主角遇到困难的时候会第一时间冲在前面保护自家队友；而你的在线小说里的主角，遇到困难却第一时间开溜，属于"猥琐发育"型。再比如在正常的在线小说中，主角是用嘴吃饭的；而你的在线小说中主角是用后脑勺吃饭的。简而言之，当常识告诉你 1+1=2，主角向读者传递 1+1 可以等于 3 的理念，这就是亮点（见图 7-11）。

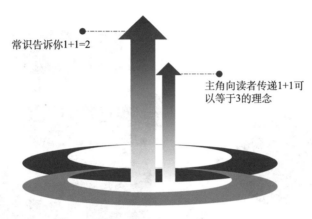

常识告诉你1+1=2

主角向读者传递1+1可以等于3的理念

图 7-11　亮点的具体解析

有冲突，指的是主角与反派有冲突，主角与配角有冲突，主角与关键人物有冲突。

这部分冲突既可以是感性的，也可以是理性的；既可以是情绪化的产物，也可以是为了达到某些目的而不得不发生的冲突。比如主角遇到了巨大危机，同伴希望主角能够放弃守护的子民，毕竟保自己的命要紧，而主角却想和敌人同归于尽，尽最大努力担当责任，这也属于冲突。

但要注意，一些极端负面的情绪不应该出现在主角身上，就算出现也要由反派展示。

有期待，指的是在每个章节的结尾处尽可能留有伏笔，以吸引读者继续阅读。

比如，第三章的结尾处可以这样写：某个古老声音说出了一番话，晴朗的天空突然下起暴雨，路边的行人就如同丢了魂一样静止不动。这些自带悬念描述可以起到很好的引流效果，但我们要注意，在条件允许的前提下预留伏笔，要远胜于到处留伏笔；另外伏笔数量不应过多，否则会让读者失去阅读兴趣。

第8章
新人在线小说创作者的 24 个常见问题

在在线小说创作的过程中，新人很容易犯一些错误。为了避免这些问题影响签约，本章将对这些问题做详细讲解。

1. 在线小说封面问题

我有三个学生，为了写一本在线小说，他们前后构思了三个月之久。这些时间很大一部分用来构思封面，留给大纲和逻辑线的时间少之又少。他们认为，只有在线小说封面吸引人，在线小说才有更大概率被签约。

其实，一本在线小说只要写得足够优秀，哪怕没有封面，该签约还是会签约，编辑绝对不会根据封面判断其能否被签约，因为任何一个平台都有自己的美术编辑。而美术编辑随便设计出来的一个封面，都比外行设计的好。

封面原则上不要自己设计，最好依托平台或者最开始使用免费封面，这样做的最大好处是可防止侵权问题。来源不明的图片中的文字、动漫色彩、明星等，都有可能涉及侵权问题。总之，在线小说封面压根儿不在编辑是否签约的考量范围内，这一点大家大可放心（见图 8-1）。

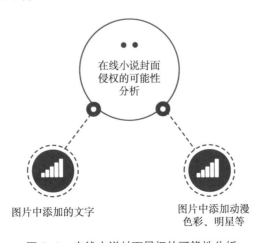

图 8-1　在线小说封面侵权的可能性分析

2. 在线小说名称问题

5 年前的在线小说名称以二字、三字或者四字成语为主，因为只有这样才能够吸引到读者，让读者认为这本在线小说"高大上"。

可 5 年后的今天就不一样了，在线小说的名称以俏皮或有趣为主导方向，主要原因在于随着年轻一代的读者群体慢慢占据在线小说市场，读者对在线小说的名称诉求也发生了一系列的变化，这相当于在买卖双方中买家的诉求有了变化，那么卖家就得紧跟这一变化更改创作思路。

关于在线小说的名字，原则上建议不要超过 8 个字，且最好以搞笑或俏皮为主，至于在线小说命名实例，你在番茄小说网或起点在线小说网的在线小说新人榜单中翻阅一下，就一目了然了。

3. 主角昵称问题

关于主角昵称在前文已经讲过了，这里额外补充几点：所有的主角昵称要简单明了、有辨识度，更重要的是不要和其他在线小说中的主角名称雷同，尤其是同一题材的在线小说（如图 8-2）。

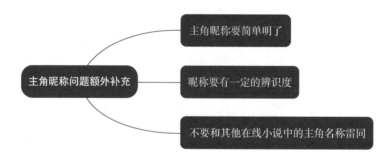

图 8-2　主角昵称问题额外补充

这样做的好处有两点。其一，防止你的在线小说因人物名称被编辑误以为在抄袭他人在线小说，影响签约；其二，防止部分读者误认为你在套马甲，或误认为你在写同人文，对你产生厌恶感，从而丧失初始读者群体（见图 8-3）。

图 8-3　主角昵称简单明了的原因

4. 配角及反派昵称问题

在线小说配角或反派昵称的命名原则只有一点：有标记性或有认知性——只要一提到这个名字，读者就能认出来，尤其是这本在线小说已经更新 500 章或 1000 章后。给配角或反派起一个大众化的名字，其实是不吃香的。你最好起标签感极强的名字，从而加深读者的阅读印象。

5. 婚恋关系问题

很多在线小说是有爱情线的，甚至可以说一本在线小说如果没有爱情线，其本身就会有问题，除非是某些特殊题材，比如军旅题材。但你要记住一点：在线小说中允许有爱情线，但不能爱情线泛滥。每一个配角或反派都有自己单独的爱情线，是不被允许的；主角才可以有突出的爱情线（见图 8-4）。配角或反派的爱情线要简写、略写。

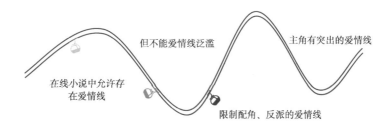

图 8-4　在线小说中爱情线问题简析

在创作中应注意，所有的爱情线必须基于成年人的身份，且爱情描写不能过分。尤其对于新人在线小说创作者来说，更是如此，一旦有"擦边"嫌疑，编辑是有可能拒签的，或者签约后拒绝上架，或者上架后拒绝推荐，这对于在线小说来说无异于灭顶之灾。

6. 金手指问题

在线小说中的金手指可以通俗地理解为万能钥匙，即在出现巨大灾难且无解时，金手指就能解决，但是要注意，金手指的设置要符合事理逻辑，绝对不能无敌到过分强大，比如：

主角明明是个萌新，什么都不懂，可突然有了一个金手指，通过这个金手指，他可以直接击败全天下最大的头目，而且自身没有任何损伤。一旦出现这样的金手指，在线小说的剧情发展就会出现问题。

一般情况下，在线小说中的金手指要么使用条件极其苛刻，要么使用之后的反噬力量极其强大。此外，你要适当地给金手指设置升级体验，让金手指从最开始的弱势慢慢地变强，而不是一开始就莫名其妙的强大，否则会让读者丧失阅读体验感。

7. 慢热问题

慢热多用来形容人的性格，指一个人性格内向，想要向别人展示自己的时候，需要一层一层地慢慢剥开，慢慢地展示自己的情感、为人处事之道。

人的性格可以这样，但在线小说绝对不行。也许在线小说前10章讲完了，剧情发展仍然没有任何紧凑感，前后情节也没有任何衔接感，给读者的感觉就是一条裹脚布——又臭又长，令人不明不白，稀里糊涂。在线小说慢热的缺点如图8-5所示。

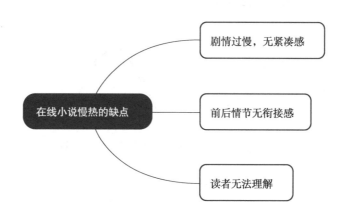

图8-5　在线小说慢热的缺点

在线小说慢热，对于读者来说就是煎熬，而一旦读者不准备为你付费，哪怕你说出花儿来也没有人支持你。所以，慢热的在线小说在一定程度上就意味着失败，除了某些特殊作者，大部分的在线小说作者应避免慢热现象。

8. 词语赘述问题

我先给大家举两个例句：

例一，聪明的可爱的美丽的小姑娘呀。
例二，帅气的高冷的博学的小伙子呀。

大家仔细读一读，上面这两句话有什么问题吗？有！最大的问题就是绕口，也就是我们常说的词语赘述。注意：无论你写的是在线小说、文案还是脚本，再或者是其他以文字形式展示的内容，词语赘述都是大忌。

　　那如何判定词语赘述呢？我有一套方法：同一句、同一段或相邻两段落中若出现相同、相似或相近的字、词、句、段，则判定为词语赘述。比如上面的两个例句，每句话中都出现了三个"的"，你得去掉两个"的"，否则读者读起来绕口，编辑也会认为你在凑字数。

　　简而言之：在线小说允许俏皮；允许有一些闲笔；允许开一些玩笑，但绝对不允许出现词语赘述问题（见图 8-6）。

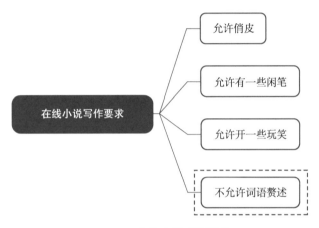

图 8-6　在线小说写作要求

9. 标点符号、排版断句问题

　　在线小说写作是有排版要求的，需要牢记以下三点：一般段首空两格；多用小句、小段，避免大句、大段；某些人说的话可单独分一段（见图 8-7）。

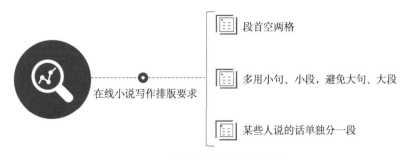

图 8-7　在线小说写作排版要求

　　另外，在在线小说写作的过程中，不要用一些莫名其妙的标识符。有人觉得标识符非常有趣，或者把标识符往文中一放给人一种高深莫测的感觉，再或者喜欢用省略号，有时一个章节 2000 字中光省略号就占了 50 多个，那也是不行的。

10. 自传问题

2022年6月的一天，一位学生打电话找我咨询，希望写一本自传。我听了之后直接告诉他不可以。所有想写自传的小伙伴要注意：没有成名之前，你的自传分文不值。要知道，压根儿没有人会读一个普通人的自传：好的在线小说那么多，怎么会抽出大量的时间读那毫无趣味的人生经历呢？

11. 多平台分发问题

一本在线小说究竟能否发到多个平台，可用一句话总结：在线小说在没有签约之前可以发到任何一个平台上，签约之后只能发在签约平台（见图8-8）。如果你在签约平台外的任何平台看到了自己的在线小说，可在第一时间联系编辑，要求编辑全权处理这件事情。

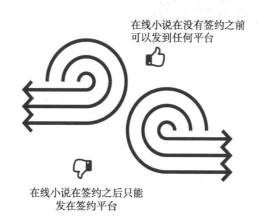

图 8-8　在线小说能否多平台分发的判断方法

不过，有一种特殊情况：一个在线小说平台同时绑定多个在线小说平台。这属于在线小说平台主动帮助你做宣传推广，不算侵权；但你绝对不能主动把已签约的在线小说往其他平台投稿，这是明显的违规行为。

12. 写作同一套路问题

一些细心的在线小说创造者会发现，玄幻在线小说的套路差不多；都市在线小说的套路可能会多一些，历史在线小说的套路会少一些。一些在线小说新手对这些套路特别反感、厌恶，所以不准备根据这些套路写在线小说。

实际情况是不模仿这些套路，还真有人成功了，就比如《明朝那些事儿》的作者。本书的作者从幽默的角度书写历史，获得了可观的收入，但这样的成功案例极少。

在线小说之所以存在套路，是因为在线小说前辈们经过数年摸爬滚打，已经摸出了读者的脾气和秉性，形成某些写作模式，并取得了成功。所以，对于在线小说套路，你可以反感，但绝对不能置之不理；适当地用一些套路，对在线小说签约而言，好处远大于坏处。

13. 全职写书问题

我不得不承认：一些人是满足全职写书条件的，比如高中生刚毕业或者大学生放寒暑假。在这段时间，他们不愿意找工作，故选择闷头写在线小说是可行的。但如果你已经超过 25 岁，大学毕业后正在工作，把在线小说当作全职工作，而把自己之前的工作辞掉，这需要很大的魄力。

全职写书要慎重选择。在线小说写作能够带来收益，但没有新手想象的那么多，尤其是在自己本身压力重重的情况下。现实很严酷：写在线小说的人，在签约前是没有任何收益的，签约后、上架前的收益也是极低的。初写在线小说，在 3 ～ 6 个月的时间里，每个月只有 600 元的收入，能养家糊口吗？肯定是不能的。

既然如此，你千万不要被在线小说短期的成绩所诱惑。当你写出一本书，并且从中取得了极其可观的收益，如月收入甚至能够突破 6 位数，考虑全职写在线小说是没有任何问题的。否则，我仍然建议你把写在线小说当作自己的兼职和兴趣爱好。

14. 与编辑沟通问题

一些新手想当然地认为自己的在线小说在某平台签约了，所以编辑就是自己的保姆，可以呼之即来，挥之即去。这种想法大错特错。因为编辑也需要休息，这一点你应该理解，所以当你晚上 11 点给编辑打电话，凌晨 3 点给编辑发 QQ 语音时，你可以想象编辑的心情。

一些平台编辑在下班之后会直接把手机关掉或者在下班之后直接玩备用机。为了避免让编辑厌恶，我强烈建议写作新手除非遇到重要紧急的事情不得不打扰编辑休息，否则尽量在周一到周五的工作时间联系编辑。毕竟工作是工作，生活是生活，编辑也需要正常生活（见图 8-9）。

<table>
<tr><td>1</td><td>2</td><td>3</td></tr>
<tr><td>工作时间联系编辑</td><td>直接阐述遇到的问题</td><td>特殊情况特殊处理</td></tr>
</table>

图 8-9　与编辑沟通注意事项

15. 被动更改内容问题

在改稿过程中，作者和编辑之间难免会发生意见不一致的情况。比如：编辑告诉你在线小说中的一些地方出现了问题，你需要适当更改。这个时候你发现，如果这个问题更改了，那么之后的所有内容都需要更改，会浪费大量的时间、精力。

遇到这种情况，你怎么办？最忌讳的就是抬杠，因为和编辑抬杠，编辑会把你定性为不可控因素。你一旦被定性为不可控因素，要想获得其他权益难度极大，甚至会失去更多资源（见图8-10）。所以，遇到这种情况，你要仔细衡量。如果编辑说的话的确有道理，而且更改需要花费的时间不多，那么你就要听从编辑的建议；如果耗费时间太多，你就要和编辑多沟通，一般来说，编辑也是出于好心，希望你改了之后能够获得更多推荐。如果编辑比较好商量，没有其他要求，那么你可以折中处理，稍微改动一些比较敏感的内容。

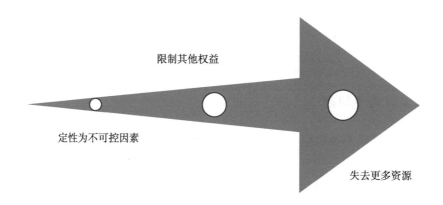

限制其他权益

定性为不可控因素

失去更多资源

图8-10　和编辑抬杠后果

16. 热门题材问题

在线小说签约的最佳捷径就是挖掘热门题材。这里的热门题材包括但不限于突然爆火的动漫、游戏或某个话题。

首先，我不建议新手以热门题材中的反面人物为原型写在线小说，因为无论在线小说人物的最终结局如何，这种写作风险太大，市场发展不太乐观。其次，热门题材中除了"烫手山芋"，也是有"宝"可寻的。比如某款游戏或者某起事件突然爆火，而这起事件吸引了公众的注意，有一定积极意义，那么你是否可以在在线小说中予以借鉴，或者直接把这个爆款事件当作自己的在线小说引流通道？我认为不妨一试（见图8-11）。

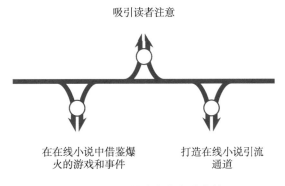

吸引读者注意

在在线小说中借鉴爆
火的游戏和事件

打造在线小说引流
通道

图 8-11　热门题材在在线小说中的运用

17. 单机创作问题

大部分在线小说创作者在在线小说创作满 30 万字之前，是不太可能享受到平台的超额流量补贴或流量扶持的，这就意味着作者在在线小说创作最开始这一阶段会经历单机创作时间。什么叫作单机创作时间呢？一般泛指在线小说创作时没有读者互动，甚至连编辑也不会重视，完全把作者写的在线小说交由系统处理，然后让系统给予扶持或全勤补贴。在这段时间里，很多在线小说创作者坚持不下去，这也就造就了很多的扑街在线小说创作者。

但凡事有利就有弊，虽然造就了很多扑街在线小说内容选手，可无形中设置的这道门槛，在一定程度上可保证在线小说创作者的利益最大化。一般来说，凡是没有门槛的行业，获得的利润都是极低的。这里的没有门槛指任何人都可以入驻，任何人都可以从中分一杯羹、赚一笔钱。而在线小说平台设置一道又一道的门槛，往往能够让坚持写在线小说的人实现利益最大化，也就是说平台会走向两个极端：好的越好，坏的越快。在线小说平台的发展过程也是符合二八定律的（见图 8-12）。

好的越好

坏的越坏

符合二八定律

图 8-12　在线小说平台发展规律

18. 创作伏笔问题

在线小说伏笔是什么？就是使读者读了之后感兴趣，让读者继续阅读的写作技巧。比如你在第 10 章留下伏笔，在第 20 章把伏笔揭开，那读者就会不自觉地从第 10 章读到第 20 章。可如果读者从第 10 章读到第 20 章之后没有伏笔了，那么读者还会继续读吗？根据阅读惯性，部分读者仍会继续读，但也有一定比例的读者不愿意读这本在线小说，转而去读其他在线小说了（见图 8-13）。

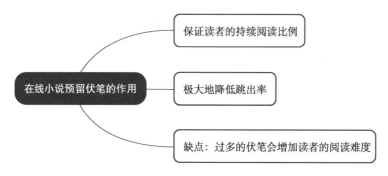

图 8-13　在线小说预留伏笔的作用

如果你在第 15 章再预留一个伏笔，而这个伏笔要在第 50 章的时候才能公开，在第 50 章之前的某一个章节中又预留一个伏笔，在第 200 章的时候才能够公开，这样一个伏笔又一个伏笔预留下去，在一定程度上就能够保证读者的持续阅读比例。这部分持续阅读比例的保证，又会极大地降低跳出率。但此时又会有另外一个问题：

既然增加伏笔可以降低跳出率、增加读者的持续阅读比例，那么你是否可以持续不断地增加伏笔，比如：在一个章节中增加 20 ～ 50 个伏笔，几乎每一处都有伏笔，让读者看了晕头转向？

那是不可行的。大伏笔要保持节奏感，最好在 5 章以上添加伏笔，如果每一章节都有伏笔，而且是一些散碎的伏笔，就会增加读者的阅读难度，进一步增加跳出率。

19. 文笔优美问题

2019 年，有个学生曾问我一个问题：

我想写一本在线小说，但没有华丽的辞藻；我想写一本在线小说，但我的词汇量不多，该怎么办？我是否该拿起语文课本，从头到尾读一下？我是否该学习一下语文课本中所有的名人名言？我是否该练习自己的文笔，让文笔惊为天人？

对此，我的答复是：在线小说需要文笔，但文笔不必太好。我们会发现一些人写的在线小说明明辞藻非常华丽，但是没人看。为什么？因为曲高和寡。换句话说，辞藻过于华丽会筛选掉 80% 甚至更高比例的读者群体。

我们要明白读者读在线小说的核心目的和诉求是什么。他们读这本在线小说是为了考上大学，是为了做物理学研究，还是为了在和邻居们交流时能侃侃而谈，以彰显自己的博学？都不是。他们只是为了消磨时间而已，只是为了放松心情而已。既然读者是为了消磨时间和放松心情才读在线小说，在线小说就不能太曲高和寡，文字也不能堆砌辞藻，能读得懂、读得通、读得顺就可以了。

在线小说最重要的是文笔的连贯度，以及阅读爽感，要让读者读起来爽，读完一章还想读下一章，再读下下章，持续不断地阅读（见图 8-14）。

图 8-14　在线小说写作对文笔的三大要求

20. 盲目坚持问题

我讲一个特殊案例：

2019 年我还没开始教大家写在线小说，我的一个粉丝托人把他写的一本在线小说给我发了过来，而他之所以发给我是因为他实在坚持不住了。当时我从这本在线小说的第一章看到第三章，就没有再看了。我直接给创作者打了一通电话，告诉他不必写了，直接放弃就可以，因为这本在线小说有硬伤。

具体的硬伤有两点：第一点，开篇第一章节脏话连篇；第二点，涉及未成年人恋爱问题（见图 8-15）。只要有这两点硬伤，哪怕把这本在线小说写出花儿来都不太可能被签约。那位作者听了之后十分焦虑，说："不可能啊，一位行业导师说这本在线小说只要写到 100 万字就能被签约。"我问他写了多少字了，他说写到 90 万字了。

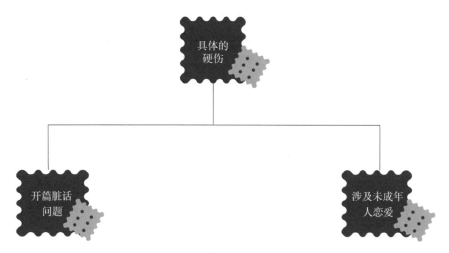

图 8-15　在线小说的硬伤

　　听到这句话我心里咯噔一下。当时在线小说界有个传言：如果在线小说写作超过 100 万字，哪怕写得再差劲，平台也会给一个鼓励签约，但这只是江湖传言而已。况且，某些作者写的在线小说硬伤一堆，编辑一看就知道是不能签约的，因为签约后编辑的职业生涯就毁了。编辑会拿自己的职业生涯换作者的一个所谓的鼓励签约吗？当然不会。

　　由此可知，在线小说在写作的过程中，一旦方向走错了，依然盲目坚持下去是不会有任何成果的。在在线小说行业里不是越努力越幸运，而是正确的努力才会幸运。

　　当你的在线小说写到 15 万字仍然没有被签约的时候，你该怎么办？听我一句劝：要么更改写作方向，要么直接换写另一本在线小说，因为盲目坚持换来的孤芳自赏，在在线小说行业里一文不值。有人也许会说："就算没有签约，我也要坚持写下去，因为我也有了体验——我体验了一个百万字在线小说作者的成功。"

　　很抱歉，从某种意义上说，这算不得成功，而是失败的在线小说。如果没有平台收益扶持，单纯凭借个人兴趣爱好很难持续往前走（见图 8-16）。

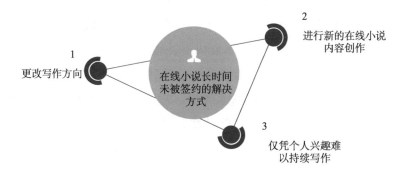

图 8-16　在线小说长时间未被签约的解决方式

21. 场景硬转问题

在在线小说创作过程中离不开转换场景，尤其在都市、玄幻类目中更是如此，举个简单案例：

都市类目中，主角在读高中，高中读完之后要读大学，那么高中与大学之间的场景就要转换；再比如玄幻类目中，主角在一个宗门修炼，然后被另一个势力发掘，要去另外一个顶尖宗门中拓展，那么宗门与宗门之间的变换也属于场景转换。

场景转换的主要目的是为了让读者有新鲜感、刺激感，因为作者在同一个场景当中持续不断地进行内容创作，读者看了会觉得厌倦：为什么主角就跳不出这个坑呢？主角明明可以跳出这个坑，去外面的世界看一看啊？当然，进行场景转换还可以增加在线小说的文字量。

一般地，一本在线小说的字数越多，能够获取收益的概率也就越大，但前提是在线小说场景转换顺畅，在线小说的可读性也要稳步提升。在线小说场景转换要顺畅自然，如果写作经验不足，那宁肯不转换场景，也不要硬转。一些作者为了转换场景而硬转，下笔前欠斟酌，主角前一秒还在高中，下一秒直接去大学了，也许对各种场景作者全都在心里默念好了，但就是不愿意跟读者说，那么读者还愿意读这本在线小说吗？答案是显而易见的（见图 8-17）。

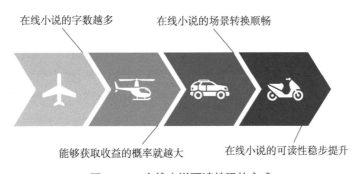

图 8-17　在线小说可读性强的方式

22. 逻辑混乱问题

在线小说创作的过程中，需要有自己的逻辑线。什么叫作逻辑线？比如主线人物在某个时间点做某些事情，在另外一些时间点做另外一些事情（见图 8-18）。时间点不要出错，事情的逻辑也不要出错。我举个简单案例：

时间点不要出错

主线人物在
某个时间点
做某事

在另外一些
时间点做另
外一些事情

图 8-18　逻辑线定义

主角在早上 6 点起床，6:30 洗漱，7 点吃饭，8:30 去学校，这样一套逻辑叫作主角的主线逻辑。如果改一下：主角 6 点去学校，6:30 起床，7 点吃饭，8:30 洗漱，这样的逻辑线就有问题了。所有的逻辑线，都可以按照 "因为……所以" 的方式加深理解：因为主角要上学，所以在 6 点要起床；因为主角上学之前要整理一下仪容仪表，所以在 6:30 的时候要洗漱；因为主角饿了，所以在 7 点之前要吃饭。这就是"因为……所以"逻辑。

同样的道理，在都市、历史、玄幻类在线小说中也要秉持着"因为……所以"的逻辑线。能把逻辑线捋清、捋顺才是关键；一旦逻辑混乱了，读者的阅读兴趣就会降低，甚至断然放弃阅读。

23. 主角出场问题

总有一些写作新人说，我要给主角一些神秘感。神秘到什么程度呢？在第一章节的时候以神秘人的身份出现，直到第十章或者第二十章的时候主角才出现。他们之所以有这样的写作风格，是因为受到前几年一些大咖的影响。一些大咖在写作时愿意把主角放在最后面，以彰显主角的神秘感，将其当作一个钩子来吸引读者阅读。

但问题的关键在于使用这种方式和技巧的作者大多已经在在线小说领域成名、成腕，大多已经在在线小说领域里打造出了不错的口碑，对于绝大多数普通在线小说内容创作者来说贸然使用这一技巧是致命的。

读者在前 500 字没有看到主角，就会好奇：主角跑到哪里去了？如果这本在线小说中没有主角，那么我读的意义是什么？而且主角越晚出现，主角的形象就会越模糊，编辑就会认为在线小说行文拖沓，产生抵触心理。编辑读了三章之后没有看到主角，你觉得编辑还会签约吗？

原则上，在线小说中的主要人物要在前三章中出现，而主要角色，也就是我们说的主角必须在前 500 字出现，而且最好开篇即出现。主角出现的时候就要有冲突，包

括但不限于人物冲突、环境冲突、资源冲突，各种各样的冲突。只要有了冲突，对主
角的相关叙述以及主角的人设铺垫就更容易了（见图 8-19）。

图 8-19　主角出场问题

24. 盲目自大或盲目自卑问题

在过去几年的时间里，我陆陆续续为学生改稿，见识了各种各样的创作者心态，
其中两大问题心态最突出：盲目自大和盲目自卑（见图 8-20）。

图 8-20　在线小说创作的两种问题心态

先说一下盲目自大心态。一些创作者在写作在线小说之前就认为自己这本在线小
说没问题了，能一书"封神"，马上就要签约上架，甚至还会被某个编辑看中，然后对
这本在线小说进行改编。有这样的心态可以理解，毕竟谁都希望自己写的在线小说得
到肯定（见图 8-21）。

图 8-21　盲目自大创作者心态

但是我得给这样的创作者泼一盆冷水，因为写在线小说的成才率普遍偏低，很多人写的第一本在线小说往往会扑街，一般写到第四本的时候才慢慢有了成绩。所以新手在进行在线小说创作的时候应摆平心态，不要指望一书"封神"。

而盲目自卑更可怕，相比较而言，一些人在写在线小说的时候就认为自己会失败，无法成功。对这些人，我只想问一句：你已经认为自己会失败了，为什么还要写？所以心态调整非常关键，当你认为一事无成的时候，你所做的这件事情就一定会失败。

总之，所有的在线小说创作者都应该保持良好心态：这本在线小说赚了5000元，不要洋洋自得；连续三个月没赚1元，也不要灰心丧气。只要写作方向是对的，坚持走下去，总会有成绩的。

获取收益技巧篇

第 9 章
在线小说内投、自荐等签约模式简析

在线小说的签约模式可以分为主动签约和被动签约。主动签约是在线小说创作者通过找到编辑或找到平台主动发起签约。被动签约是编辑在平台后台发现在线小说创作者的优质内容，然后主动对在线小说创作者发起的签约模式。

从理论上说，主动签约包括但不限于在线小说创作者一键申请签约及在线小说内投、自荐；而被动签约则不需要在线小说创作者对在线小说做任何操作，编辑完全凭借经验判断在线小说能否被签约（见图 9-1）。

图 9-1 在线小说签约的两种模式

9.1 在线小说内投全流程及各平台态度

在线小说内投是个技术活，没有人们想象的那么简单——随便找个联系方式给投递过去就行了。在投递过程中，若某些特殊的硬性指标没有达到要求，编辑看都不看，会直接拒稿。

1. 在线小说内投的意义

一般地，在线小说内投比直接发平台被动签约复杂一些，需要单独准备大纲。既然在线小说内投如此复杂，为什么还要通过内投的方式签约呢？原因很简单，平台不希望该在线小说有发表过的痕迹。

部分平台，尤其是部分中小平台非常忌讳这一点。在线小说有过发表痕迹，意味着对平台不尊重；在线小说有过发表痕迹，意味着可能已在其他平台签约，投稿人想一稿双投，拿两份签约奖金；在线小说有过发表痕迹，意味着这本在线小说压根儿不是原创作品，而是投稿人复制抄袭别人的在线小说，跑到该平台挣全勤奖金。

所以在线小说一旦有发表痕迹，就意味着投稿人需要证明这本在线小说是投稿人自己发表的。证明方式有两种：第一种是出示后台截图；第二种是在所有的在线小说平台，也就是投稿人希望被签约的所有在线小说平台，同一天同时发布（见图9-2）。

图9-2　在线小说多平台分发后的证明工作

这样一来，会无形中增加投稿人的工作量，与其如此，倒不如直接通过内投的方式完成在线小说签约流程。

2. 在线小说内投流程

在线小说内投最基本的准备功课是需要找到编辑的 QQ 邮箱。在这里给大家说明一下，目前大部分在线小说编辑的联系方式以 QQ 为主，而在线小说获取收益也是以 QQ 群为主，而不是以微信群为主。

比如你希望自己的在线小说在起点、逐浪、纵横、番茄这些网站上签约，那就要在这些网站的官方网站或贴吧论坛上找对应的编辑。你写的是玄幻在线小说，就找玄幻在线小说编辑的邮箱；你写的是历史在线小说，就找历史在线小说编辑的邮箱。你找到邮箱之后把自己的在线小说和大纲打包好发送给编辑，标题是你自己的姓名＋联系方式＋类目＋在线小说名字。

具体的格式模板，我会在 9.4 小节中详细讲解。你准备好这些内容后发送给编辑，等待编辑回复就可以了（见图9-3）。

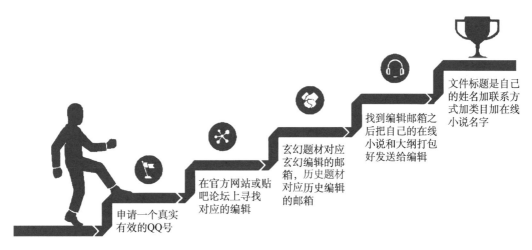

图 9-3 在线小说内投流程

3. 各平台态度

我先问大家一个问题：如果你现在是一个在线小说平台编辑，每天都要在后台查看过审在线小说，工作邮箱还在不断推送各个在线小说创作者通过邮件发过来的信息，你会有何感想？你会不会有一点点心烦？尤其是一些在线小说创作者通过邮件内投的方式投递过来的在线小说，很多内容驴唇不对马嘴，甚至有的创作者在内投时还丢失了关键信息，编辑每天处理这类事情肯定会产生一些负面情绪。

从编辑的角度看，内投这种模式过去可行，但未必一直可行，因为它会增加编辑的工作量，你还不如直接在在线小说平台上查看后台符合标准的在线小说有效率。所以，部分平台的编辑是比较抵触内投的，这也是为什么一些平台会隐藏编辑的联系方式，还有一些平台甚至禁止在线小说内投。

除此之外，站在平台的角度看，你把在线小说直接内投给编辑，是不是也意味着对平台不尊重？如果这个平台不签约，你就直接跑到其他平台去了，也就是说，你在还没有投稿这个平台的时候就已经想好后路了，对此，平台怎么可能会没一点小想法？

但问题的关键在于各大平台处于竞争状态，如果你不接受在线小说创作者的内投，但其他平台接受，你的在线小说平台就不占据优势了。所以综合看来，我们会发现平台也好，编辑也罢，对在线小说内投可能会存在抵触心理，但也只能顺势而为。

4. 在线小说创作者的做法

作为一位在线小说创作者，始终要明白：签约是个人利益最大化的唯一保证。如果你连签约都不能做到，那么在线小说获取收益本身就是一个伪命题，所以你要适当抓住每一次机会，在在线小说创作的过程中，把签约当作自己的唯一任务。

9.2　在线小说自荐全流程及各平台态度

在线小说内投和在线小说自荐在逻辑上是差不多的，所以你可以把在线小说自荐理解为大号的在线小说内投。在线小说自荐适用于找不到部分平台的编辑邮箱，或连续多次投稿编辑邮箱却没有收到任何回复的情况。

出现这种情况有两种可能：第一种是编辑换人了，但工作邮箱没有及时更换，而之前那位编辑已经离职，不再处理邮件信息；第二种情况是编辑懒得回复你的消息。无论是何种情况，都需要借助中间人传达信息。

1. 在线小说自荐流程

在线小说自荐一般通过某种特殊渠道完成，比如某在线小说交流群或你喜欢读的某本在线小说的作者。后者（中间人）因已经被某平台签约，故有编辑的联系方式，你可以让其把你的在线小说大纲交付给对应编辑。接下来你需要等待。等待流程和在线小说内推的流程差不多。编辑会给中间人准确信息，比如：在线小说可以投，投过来后我负责，直接签约；或在线小说不能投，我这边不负责，我不给签约。编辑给予准确信息后，经由中间人转交给你（见图9-4）。

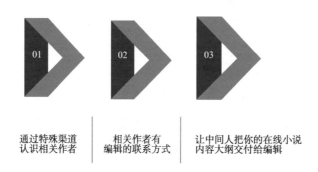

通过特殊渠道认识相关作者　｜　相关作者有编辑的联系方式　｜　让中间人把你的在线小说内容大纲交付给编辑

图9-4　在线小说自荐流程

2. 在线小说自荐苦衷

在线小说自荐最大的痛苦在于中间人的信息不可控，你无法保障自己的在线小说一定能被有效传递给编辑。但作为在线小说自荐人，你要明白：你本就没有在线小说编辑的联系方式，而现在有可能联系到编辑，故这种方式也可能实现自己的小说收益，这种等待也是值得的。

3. 各平台 / 合作者可能的态度

中间人的合作态度如图 9-5 所示。

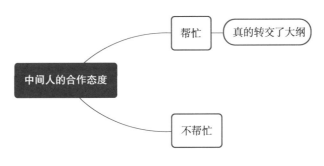

图 9-5　中间人的合作态度

首先，讲合作者的可能态度。对于合作者来说，也就是所谓的中间人，存在两种情况：第一种，帮忙；第二种，不帮忙。如果中间人告诉你，他帮你忙了，把这本书已经转交给编辑了，但中间人并没有这样做，你也是无法知晓的，因为你压根儿就没有编辑的联系方式。在线小说创作者之间不只是互帮互助的关系，也存在一定的资源竞争。

无论哪一个平台，新人在线小说能够被推荐到榜单中或以图片的方式在网页上来回滚动，这类名额都不多。如果你的在线小说质量好且和中间人属于同一类目，那么中间人就会感觉到自己有危险。同理，部分平台编辑也不愿意处理这种在线小说自荐方式，因为编辑根本不知道这本在线小说是谁写的，如果去询问谁写的，再添加联系方式，会增加不必要的麻烦。

除非有一种可能：在线小说的内容极其精彩，编辑一眼就认定其会大卖，才会主动参与其中。否则，这种自荐模式远不如内投模式高效。既然已经走到了自荐模式，还不如让中间人直接告诉自己那位编辑的邮箱，再转为内投模式。

额外补充：在线小说自荐有其优势，就是你如果认识某些强势的在线小说创作者（注意，此处特指创作者拿出过成绩，打出了口碑），此人或许会成为助你签约的贵人。比如：某在线小说创作者一个月获取收益超过 10 万元、50 万元，甚至超过 100 万元，且这个人和编辑的关系非常好，你通过这种渠道把在线小说投递给编辑，只要在线小说的内容不是太差，被签约的概率极大（见图 9-6）。从编辑的角度出发，既可以卖个顺水人情，同时有一位优质在线小说创作者主动担保，那么接下来优质在线小说作者推动新人在线小说作者这一模式也能行得通，最起码平台不会亏本。

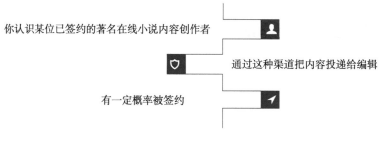

图9-6 在线小说自荐的优势

4.在线小说创作者做法分析

所以在线小说自荐的核心关键因素在于中间人的能力是否强大：如果能力足够强大，就直接采用自荐模式；如果能力不够强大，不如让中间人告诉自己编辑的联系方式，由自己单独投递，效果会更好一些。

9.3 在线小说签约其他可能性分析

在线小说除了内投和自荐，还有哪些模式可以顺利签约呢？我总结了三种模式，只不过它们的难易度不同，具体执行的方法也有所区分（见图9-7）。

图9-7 在线小说签约的三种模式

1.依托平台审核机制

大部分在线小说能被签约依托于平台的审核机制，不同平台的审核机制可能会有区别，比如：

一本在线小说被投放在A平台，A平台的编辑在在线小说字数达到阈值（一般为2万字）时就可以看到，或者编辑自发在后台查看（编辑一般有特殊窗口，用于在线小说签约或标记），但平台编辑查看的都是自己领域的在线小说，如果遇到不属于自己领域的在线小说，连看都不会看。

这就意味着你的在线小说领域标记一定要准确，别犯张冠李戴的分类错误，否则对编辑是个麻烦，对你来说也是个损失。

如果一本在线小说特别惊艳，编辑会直接点击"一键签约"按钮，然后你就会收到平台发给你的消息，包括编辑的联系方式，你添加编辑的联系方式后，就可以签约了。

2. 依托官方交流群

上面这部分审核机制是绝大多数普通在线小说创作者的签约流程，此外，还有其他的签约模式。

如果你在 QQ 上搜索各大平台的在线小说群，就可以发现有一些在线小说群是由官方组织的，而你的在线小说恰巧在这类在线小说群里有内容链接，又恰巧编辑会扫一扫看一看，看完后觉得非常好，跟你一联系知道还没被其他平台签约，目前还在独自创作，这时编辑有可能向你伸出橄榄枝。

但这种概率极低，因为编辑被邀请进各种各样的群组，没有 500 个也得有 100 个，而且这种群组都是超大群组，编辑从中发现高质量在线小说的概率相当于沙里淘金。

3. 依托在线小说创作者内推

在线小说创作者内推也是不错的选择。这里的在线小说创作者内推和在线小说自荐是不一样的，一般是某些已经签约的在线小说创作者偶尔读一读新人榜榜单，或者随便点几本在线小说看，觉得比较好的，就顺手发给编辑，告诉编辑这本在线小说写得不错，是个苗子，可以照顾下。编辑对于在线小说创作者的内推，一般还是愿意照顾的，被签约的概率会增加几个百分比。

但我们得明白：无论是依托官方交流群，还是依托少数人内推，始终是概率学问题，而且这种签约概率较低（见图 9-8）。

图 9-8　签约概率较低的模式

9.4 在线小说内投注意事项及禁忌事项

在线小说内投与在线小说自荐中的基础排版及需要准备的工作相差不多，而在线小说通过后台签约模式进行签约是没有注意事项或禁忌事项的，大家明白这两点即可，下面的讲述以在线小说内投为主。

1. 基础格式注意事项

基础格式可分为基础排版格式和基础邮件格式（见图9-9）。先讲一下排版格式。在线小说不同于其他类型的自媒体文章，也不同于出版社出版的书籍，其排版是以短句、短段为主，且需要开头空两格，绝对不能全部左对齐。

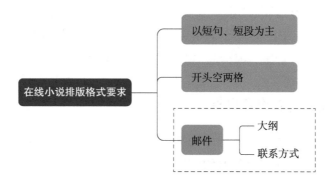

图9-9　在线小说排版格式要求

邮件格式又有哪些注意事项呢？一般在在线小说平台官方网站的作者福利界面有内投编辑的联系方式，如果你能添加编辑QQ，可以直接添加。如果你无法添加，则可直接将稿件投递邮箱，稿件通过后才能添加编辑的联系方式。不同的在线小说网站对内投的要求也不同。作为在线小说创作者要明白：大部分在线小说网站要求2万字的前几章内容，再加上一份详细的大纲和分支主题介绍（见图9-10）。

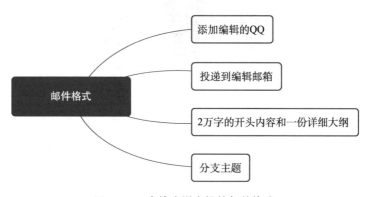

图9-10　在线小说内投的邮件格式

如果单章节以 2000 字计算，那么 2 万字的在线小说前几章内容刚好对应黄金十章的内容。2 万字的在线小说，编辑一般读到 5000～6000 字就能够决定这本在线小说是否被签约了。而 5000～6000 字又刚好对应黄金三章的内容，所以关于黄金三章和黄金十章的内容，大家一定要仔细阅读理解。

如果条件允许，你最好再附赠自己的联系方式，以便编辑与你及时沟通。比如，编辑看完你的在线小说后发现有两个点不该出现，如果把这两个点去掉，就能当场签约。你根据编辑提供的信息进行修改再次投递，签约基本就是板上钉钉的事了。再或者，编辑觉得你的在线小说非常好，当即想和你谈谈在线小说的内容及大纲和方向，也会和你进行电话沟通。

2. 单平台内投频次注意事项

如果你写得非常好，一般第一次内投就会被签约。如果你第一天内投没有被签约，第二天你再内投，第三天你还是继续内投，那连续一个月每天都内投，是否能增加在线小说签约的概率呢？不会，而且编辑很可能把你拉入黑名单。

根据在线小说内投平台给予的回复以及平台的审核逻辑来看，一般建议每两周内投一次，但如果连续两次内投都不通过，下个月就没必要内投了。因为按照每天更新 4000 字来算，30 天就已经是 12 万字了，在线小说写到 12 万字还没有被这个平台签约，那就说明这个平台压根儿不看好，或者这部在线小说不符合该平台风格。

大家记住一句话：单一平台，最多内投两次；如果不签约则直接换平台，而内投的间隔以 15 天为一个周期（见图 9-11）。

图 9-11 单平台内投的频次要求

3. 大纲准备工作

我曾经见过一个人准备了一份密密麻麻的大纲，长达 1 万字，结果编辑没看。为什么编辑不太重视大纲呢？因为编辑明白，你把大纲写得越多越细，大纲出问题的概率就会越大。

所以关于在线小说大纲，我始终秉持一个观点：大纲可以准备，但没必要准备太多。我做在线小说付费咨询的时候，有很多小伙伴动辄发给我几万字的大纲，但这些大纲本质上没什么用或者说意义不大。

4. 7个工作日答复

在线小说内投之后，编辑会多久给予答复呢？一般情况下是7个工作日，其实部分平台3～5个工作日就能够给予答复了。如果连续7个工作日编辑都没有答复，那意味着三种情况（见图9-12）。

图9-12　7个工作日没有答复的原因

情况一，编辑没有看到你的在线小说。原因包括：要么是因为编辑当日工作量太大；要么就是编辑把你的在线小说给漏掉了；要么就是你的在线小说投递格式不对；要么就是你的在线小说投错了邮箱。

情况二，编辑不看好你的在线小说。在编辑心目中，在线小说若写得逻辑不通，文字不顺，索性就冷处理了。

情况三，审核日期为7个工作日，时间还没有到。注意是7个工作日回复，不是7日回复。两者是有区别的。比较大的假期和正常休息日，不会计算在7个工作日中。编辑也是人，需要休息，所以周六、周日能不打扰人家，就尽量不要打扰。

5. 一稿多投的允许条件

一稿多投在在线小说内投圈子里是被允许的，但不是指向某单一平台的多位编辑投稿，而是指向多平台的单一编辑投稿（见图9-13）。

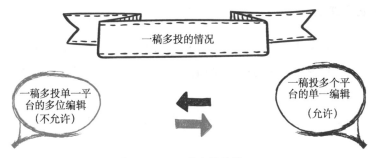

图9-13　一稿多投的情况

我举个案例：

比如，你把自己写的玄幻在线小说投到了起点平台的三位玄幻编辑手中，这是不被允许的。你只需要投递给该平台的一位玄幻编辑就可以了。如果你准备把在线小说同时投递逐浪、纵横、起点、番茄这些在线小说平台，先在每一个平台上找到玄幻组的一位编辑，然后对他投递，也是可以的。

投递后又会产生另一个问题：如果你的在线小说写得特别好，几个平台都争着要，这可怎么办？这是否意味着你需要和平台的每一位编辑都签约呢？不是，你只能有选择地签约其中一位，并婉言谢绝其他编辑。

9.5　如何判定在线小说是否被签约

本小节是为了照顾部分新入坑的在线小说创作者写的。

1. 站内信

判断自己的在线小说能否签约的唯一标准就是你在在线小说平台上能否收到站内信。站内信就是一个带邮箱标识符的按键，这个按键上面可能有一个红点，打开之后会有各种各样的邀约说辞，比如：恭喜您，您的某一本在线小说被我们平台编辑相中；或者，这本在线小说有签约资格，如果您确认签约，可以添加编辑的联系方式并商谈之后的事宜。

2. 页面标识符

如何判断别人写的在线小说是否被签约呢？也很简单，你点击别人的在线小说进入阅读界面，在该页面中会看到详细的标识符。大部分新人在写在线小说的时候都希望看一下周边的新人是如何被签约的，然后相互借鉴。如何找到某本在线小说签约与否的具体信息呢？下面以起点在线小说为例：

你点进这部在线小说的时候，会看到下方的签约标签（见图9-14）。不同平台的展示方式不同。

图9-14　在线小说签约标识符

3. 以合同为准

在线小说只要被签约，都会有合同，无论是电子版的合同还是纸质版的合同，再或者是编辑和你的口头合同，没有合同就意味着没有被签约。记住，正规平台都是有合同的。

如果你收到了平台的站内信，就已经表明平台有和你签约的意向，你一定要多问编辑几句合同问题，如合同是纸质版的还是电子版的，以及签约的具体流程和模式是怎样的（见图9-15）。

图9-15　判定在线小说签约的方式

9.6　在线小说签约规避事项及区分小平台的方式

2022年9月，我和一位学生曾谈到一个特殊平台的签约问题，为避免产生不必要的名誉纠纷，我暂且称它为某平台。

1. 全勤奖极端案例分析

那个学生提出的问题很简单：

他问："我还有必要继续写下去吗？"当时我反问他一句："你签约了吗？"他说已经签约了，于是我给出了我的解决方案：在签约的这段时间里不妨大胆去写，反正有全勤奖兜底。

可是那位学生说：“全勤奖也不过几十元钱。”经过后续沟通我才知道，这本在线小说签约后全勤奖不足 100 元。听到学生的回应后，我颇感遗憾，倒不是说这本在线小说全勤奖给的低，而是如此低的全勤奖，学生竟然还签约了。

这种签约意味着什么？意味着这部在线小说和这个平台已经深度链接，意味着你没有办法把这部在线小说再投到其他平台上，一个月辛辛苦苦每天写 4000 字，才给几十元钱，这种签约大可不必。

2. 全勤奖标准线

为了避免再发生这种情况，我给所有学生画了一条红线：如果在线小说签约每月的全勤奖不足 500 元，那么直接放弃签约即可。

既然能够被签约，说明这本在线小说还是有可取之处的，不妨再试一试其他平台，万一在其他平台上能够获得更好的签约机会呢？一个月 500 元已经是极限值了。一个月 500 元意味着每天辛辛苦苦写 4000 字，一天都赚不到 20 元。

3. 特殊情况分析

但也有一些特殊情况，比如：

有些人写在线小说只是为了实现儿时的梦想，有些人写在线小说只是为了抒发情怀，有些人写在线小说只是为了获得签约的虚名（见图 9-16）。

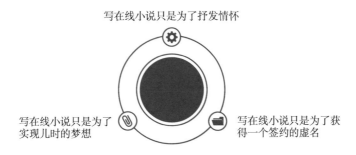

写在线小说只是为了抒发情怀

写在线小说只是为了
实现儿时的梦想

写在线小说只是为了获
得一个签约的虚名

图 9-16　在线小说写作的三种特殊情况

如果是以上三种情况，签约没有太大问题；但如果签约是为了获取收益，是为了获得更好的发展机会，那么对于全勤奖金偏低，你要敢于说“不”。所以争取全勤奖高于 500 元，不是说我们在乎这点钱，我们在乎的是付出能否有对等收获，能否为接下来的在线小说创作提供持续动力。

第 10 章
平台在线小说签约合同简析

在本章节，我准备把各平台在线小说签约合同简单讲一下，因为不同平台签约合同有不同的注意事项。另外，本章不会对合同逐字逐句去讲，因为大多数的合同都是类似的，且合同中的部分注意事项往往会随着国家宏观政策的调整以及各平台之间的竞争而进行微调。我只是把合同中的重要部分做简单讲述，告诉创作者如何及时止损，如何实现利益最大化。

10.1 某平台在线小说签约合同分析

在线小说的签约合同注意事项如图 10-1 所示。

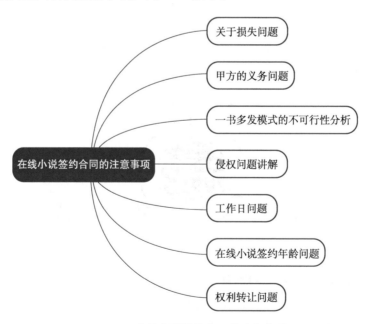

图 10-1 在线小说签约合同的注意事项

注意事项一，关于损失问题（见图 10-2）。

　　（九）签订此协议时，代表乙方已经保证其作品不侵犯别人的版权，没有诽谤、淫秽的内容等，如果发现上述问题而给出版者或者影视公司造成损失，乙方负责赔偿。甲乙方也可终止协议。

图 10-2　合同中关于损失问题的示例

　　部分在线小说平台会有这样一句话或与之类似的话：如果乙方（在线小说创作者）在创作时复制、抄袭他人的在线小说或复制、抄袭他人的框架，最终被原创作者发现并进行追权，乙方是第一责任人，需要负责赔偿；同时甲方（也就是平台）有权利终止协议。

　　这就是说，所有的在线小说创作必须保证原创，你可以在写在线小说之前扫榜，多看一下人家写的优秀在线小说，但绝对不允许在写在线小说的过程中复制、抄袭别人的在线小说。

　　注意事项二，甲方的义务问题（见图 10-3）。

　　第二条　甲方的版权代理行为必须在充分尊重作者思想的原则下进行，同时要做到尽心尽力推广乙方的作品，每年不得少于十次推广行为，推广费用由甲方负责。图书出版后获得版税收入分配如下：乙方占＿＿＿＿＿＿＿＿＿%，甲方占＿＿＿＿＿＿＿＿＿%，电影电视剧本改编权出售的收入分配如下：乙方占＿＿＿＿＿＿＿＿＿%，甲方占＿＿＿＿＿＿＿＿＿%。

　　第三条　甲方不得做出有损乙方版权的行为，否则，乙方可以通过法律来维权；当然，甲方为了推广需要，可以部分披露乙方作品的内容，特殊情况下需要全部披露，甲方必须经过乙方允许。

图 10-3　合同中关于甲方的义务问题的示例

　　由上可知，只要是甲方和你签订合同，你把在线小说交付到甲方平台，然后由甲方帮忙运作，就必须体现出甲方的义务来，尤其是在合同中体现出来。比如给你不低于几次的推广，给你不低于几次的数据维护，给你不低于几次的数据分析。这些全都要白纸黑字写出来，之所以做这样的硬性要求，是因为部分小平台只要求乙方讲奉献精神，却不要求甲方履行义务，这对于乙方来说是极不公平的。下面给大家看一张截图（见图 10-4）。

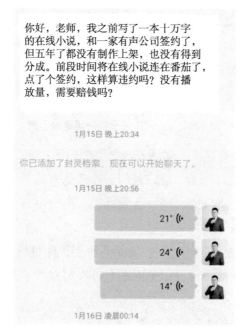

图 10-4　合同中甲方义务不清问题的示例

如果因为合同问题，在线小说创作者被中小平台挖坑、使绊子，那么毁掉的不单是一本在线小说，更是在线小说创作者那颗进取的心。

注意事项三，一书多发模式的不可行性分析（见图 10-5）。

第六条　对竞争性作品的限制。在此合同有效期间，作者不得将有竞争能力的类似作品或著作稿（或译稿）的全部或一部分，或将其内容稍加修改后以原名或更换名称授予第三者出版或代理，影响此合同中规定的作品的代理运作，使甲方遭受损失。如出现乙方私自将版权或者影视改编权转让给第三方的行为，甲方照样拥有本协议的一切权利。

图 10-5　合同中一书多发模式的不可行性示例

总有人纠结一个问题：这本书，我和 A 平台签约了，那么我还可以在 B 平台上继续发吗？不可以，因为这样做明显违反条约规定，平台直接拿着合同就可以起诉你，而且你没有任何胜算。从平台的角度出发，平台辛辛苦苦把你培养成才，与你签约，给你全勤奖，到头来你把这本书又发在了其他平台上，原平台肯定要追究责任。

同理，对于部分平台来说，不单这本书不能发到其他平台上，如果你把这本书稍微改变一下，或者对逻辑、框架、内容大部分不动，只动了其中一小部分，哪怕规避了原创审核，也不允许发到其他平台上。所以，一个主题、一个思路、一个框架整合起来的在线小说，只能发一个平台，这里指的是签约之后；签约之前，所有平台都可以发。

注意事项四，侵权问题讲解（见图10-6）。

> 第九条　发生侵权事件的处理办法。如发现第三者侵犯作品的版权，甲方可以乙方的名义提出诉讼，从侵权方获得的经济赔偿，扣除诉讼费用外，与乙方双方平分。

图10-6　合同中侵权问题示例

如果你写的内容被对方侵权，平台本着"多一事不如少一事"的原则，很可能通知对方平台把这本在线小说下架，但这样做有一个前提，就是对方从这本书中没有获得利润或者获得的利润不足以让本平台耗费大量精力进行诉讼。可如果对方抄袭你的在线小说，且在对方平台获利超过6位数，甚至7位数，那么平台一定会在第一时间提起诉讼，因为毕竟这中间的损失太大了（见图10-7）。

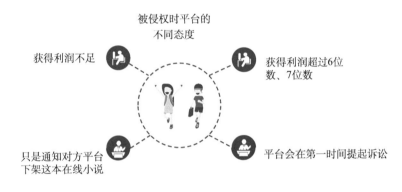

图10-7　被侵权时平台的不同态度

同时，这里反向推导一下，如果你抄袭别人的在线小说情节，抄袭别人的在线小说内容，在你没有出名的时候，平台可能会睁一只眼闭一只眼，这事也就这么算了。但如果你通过这本在线小说赚到钱了，一旦被原作者发现而起诉，那你迎来的将是灭顶之灾。注意事项四和注意事项一相互对照，你所有的在线小说必须保证个人原创。

注意事项五，工作日问题（见图10-8）。

> 1.2.1、本协议所指之日均为工作日，指除周六、周日及中国（港澳台地区除外）法定节假日外的日期。

图10-8　合同中工作日问题示例

要注意，只要是涉及自媒体行业、在线小说行业、出版社行业等与文字相关的部门，工作时间就是正常工作日时间，所以你在咨询编辑一些问题的时候，只要不是特别紧急的问题，原则上建议在周一到周五的工作日期间向编辑询问。

注意事项六，在线小说签约年龄问题（见图 10-9）。

> 2.2.2.1、根据中国法律，于本协议书签订之时，甲、乙双方均各具有完全民事行为能力和完全民事权利能力。

图 10-9　合同中在线小说签约年龄问题示例

总有学生问我："未成年人可以写在线小说吗？"对于这个问题，我只用一句话回应，那就是：

未成年人建议以学业为主，而不是以写在线小说为主。

这句话听起来有些老套，却是我的肺腑之言，因为很多年轻人缺少生活历练，文笔会略显稚嫩。

我也不能"一棒子打死"说：所有的未成年人都写不出优秀的在线小说来。但还是那句老话，在什么年龄阶段就干什么事。高中毕业后，尤其是在大学期间或者工作期间写在线小说，性价比会更高，成绩也会更好。在高中毕业之前，每个人都是自己的第一责任人，不能单纯地以成绩论得失，但成绩好和成绩坏所面对的机遇是截然不同的。

注意事项七，权利转让问题（见图 10-10）。

> 3.2.1、乙方将协议作品（含协议作品各种语言版本；并且无论协议作品是否创作完稿即包含所有创作完稿和未创作完稿的协议作品）在全球范围内的信息网络传播权及协议作品各形式（含协议作品电子形式）的汇编权、改编权、复制权等，以及其他协议作品在全球范围内的著作权财产权利【包括但不限于《中华人民共和国著作权法》第十条第一款第（五）项至第（十七）项规定的协议作品的著作权权利，但将协议作品（仅限于协议作品本身，不含协议作品经汇编、改编等形成的协议作品的演绎作品）于中国境内以汉语简体字和繁体字版本出版发行纸介质图书的权利乙方予以保留】全部永久转让给甲方。乙方确认并同意，上述所指转让包括了排除乙方本人于本协议签订后自行行使或转让、授权上述权利于第三方。
>
> 3.2.2、甲、乙双方同意并确认本协议中就协议作品权属等相关内容所作之其他约定视为对 3.2.1 条内容的解释或补充，若本协议其他约定未涵盖 3.2.1 条所列之情形并不表示甲方放弃或乙方不同意授权、转让协议作品之相关权利；若本协议其他约定内容与 3.2.1 条有实质性的冲突或无法共同合理化实施的，双方同意以 3.2.1 条约定的内容为准；若本协议其他约定的内容含有对 3.2.1 条内容的补充，则该补充及 3.2.1 条之内容对双方同时具有法律约束力。

图 10-10　合同中权利转让问题示例

　　几乎各大平台对于各种各样的版权问题都已经白纸黑字地写在合同里面了，不太可能更改，尤其是大平台，所有的人都这样签合同，那么你随大流签就没有问题。指望着写一本在线小说，将所有版权主导权都掌握在自己手中，难度极大，或者说几乎不可能。

　　如果你写的第一本在线小说得到签约，还是在大平台上写的，大家签的合同是一样的，你最好从众，因为平台绝对不会为了能够签约你，去更改合同。当你连续三本在线小说的创作收益都超过 10 万元甚至超过 50 万元，你就可以单独找一位律师仔细研究合同，最好能和平台对接，签订一份属于自己的拥有部分权益的合同（见图 10-11）。

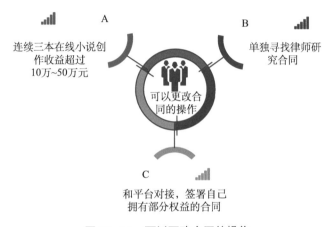

A　连续三本在线小说创作收益超过 10万~50万元

B　单独寻找律师研究合同

可以更改合同的操作

C　和平台对接，签署自己拥有部分权益的合同

图 10-11　可以更改合同的操作

额外补充：

　　做示例的在线小说合同是我从网络上随机检索，并把部分关键信息剪裁下来给大家看的，之所以说是随意检索并剪裁，是因为各大平台的在线小说合同内容八九不离十，仅供大家学习参考。

10.2　签约改合同可行性分析

举个简单案例：

　　如果你在起点或番茄平台上写了一本在线小说，被平台编辑看中，说希望能够和你签约，并发了签约邀请函，但你读了某些合同条款感觉到了一丝危机。因为如果按照合同约定签约后，在线小说的部分版权并不在你手中，也就是说你需要出让一部分在线小说版权。

　　这个时候部分在线小说创作者就会犹豫，甚至纠结自己是不是亏大了，在这里我给大家定一个基调（见图 10-12）。

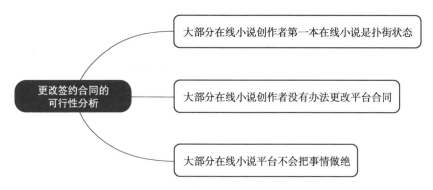

图 10-12　更改签约合同的可行性分析

第一点，大部分在线小说创作者的第一本在线小说是扑街状态。我知道这句话很伤人，但事实摆在那里：一书"封神"的概率远低于1%，并不是每一个在线小说内容创作者写一本在线小说都能够一书"封神"。

第二点，大部分在线小说创作者没有办法更改平台合同。什么叫作平台合同？我们可以站在平台角度加以理解。平台为了规避某些事情，请了专业的律师团队，给平台拟定了一份合同。这份合同在尽可能满足平台诉求的前提下，不至于把在线小说内容创作者逼得太狠，让在线小说创作者也能够享有一部分的自主权利，这就是平台合同。

那么所有的在线小说创作者都无法更改合同吗？也不尽然。比如某位顶级"大神"写在线小说一年带来的净利润就能够超过1000万元，甚至一年带来的净利润加周边产品，再加个人IP所带来的效益，就能够给平台带来上亿元的创收。从原则上说，他可以提出一些不太过分的要求，让平台给他量身制作合同。

对于绝大多数的普通内容创作者，指望着能够和平台签约后修改合同，自己多分些"蛋糕"，简直难如登天。

第三点，大部分在线小说平台不会把事情做绝。如果你作为一位在线小说创作者，写的某部在线小说异常精彩，平台看了后两眼放光，当即决定签约。后期证明平台眼光不错，你的创作价值非常高，通过这本在线小说赚了很多钱。当然，平台也因此赚了大钱。在在线小说赚钱的过程中，平台很可能会给予你超额回报。

因为只有这样，你才能够创作第2本、第3本在线小说来反哺平台，即便你不会创作第2本、第3本在线小说，最起码你创作的这本在线小说给平台带来了足额利润，平台不至于为此撕破脸皮，口碑也能保得住。所以大家在开始写在线小说时，如果签约的是大牌在线小说网站，就不用太过纠结合同问题，因为合同问题不是我们普通在线小说创作者所能改的（见图10-13）。

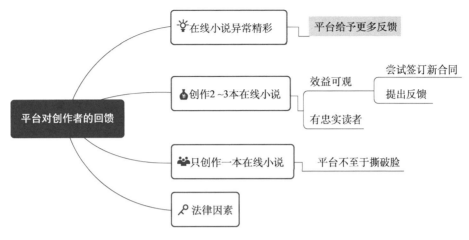

图 10-13　平台对创作者的回馈

10.3　大小平台合同如何区分对待

在在线小说签约的过程中，建议大家最好选择签约大平台，最坏的选择就是签约小平台。那大平台和小平台是如何区分的呢？在区分大平台和小平台的过程中，合同又该怎样区分对待呢（见图 10-14）？

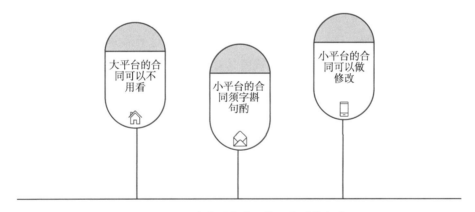

图 10-14　大小平台合同的区分对待方式

在这里我先定下几点基调。

第一点，大平台的合同不用看，小平台的合同须字斟句酌。对于大平台的合同，原则上不需要太过担心，说句不太夸张的话：不太需要仔细阅读，直接签字即可。可小平台不太一样，小平台没有太多的顾忌，准确地说小平台在设计合同的时候，很有可能拿着大平台的合同模板照抄，只不过中间有一些细节，小平台觉得自己吃亏了，再狠狠地改动一番。

所以，对小平台一定要字斟句酌，哪怕其中一个字看不懂，其中一个环节看不明白，你也要反复推敲，仔细询问。

第二点，小平台的合同可以做部分修改。如果你在和一些小平台签约时，发现小平台的部分合同条款中有些地方需要修改，才能维护自己的权益，你不妨和编辑进行商议，商议成功后即可修改合同。

如何区分大平台和小平台呢？我告诉大家两种区分方式。

第一种，以知名度来判定大小平台。比如起点、纵横是付费在线小说阅读的大平台，番茄是免费在线小说阅读的大平台，而某些不知名的小平台就可以归到小平台中。

这种区分方式非常简单，区分点是什么？是读者群体。对于在线小说平台来说，作者想要赚钱，只靠平台给的可怜巴巴的全勤奖是完全不够的，想获得更高利润，就必须有足够的读者订阅，因为读者不订阅、不打赏，在线小说就没有利润。

第二种，以签约全勤奖的大小来判定。

我们举个极端案例：

某平台给你的签约奖金是 300 元，另一个平台给你的签约奖金是每月 3000 元，那么谁是大平台、谁是小平台呢？如果你是冲着签约全勤奖来的，谁给的钱多谁就是大平台，要注意，这里举的是例子，不是真实情况。

如果有人说：某个特别小的平台，连一个读者都没有，直接给 3000 元每月全勤奖，我也要跟他签约吗？这要看每个人的实际情况了。对于部分萌新在线小说创作者来说，能赚到的第一笔、也是唯一一笔钱就是签约全勤奖，如果签约全勤奖达 3000 元，签约还是值得的。所以，签约全勤奖的高低直接决定创作者是否写这本在线小说（见图 10-15）。

图 10-15　区分小平台和大平台的方式

10.4　签人与签书的区别及注意事项

签人指的是在线小说创作者身份 IP 和平台绑定后无法在其他平台创作任何形式的在线小说。

签书指的是在线小说创作者写的这本书和平台绑定后，无法在其他平台发布和这本书一样或相似的内容（见图 10-16）。

签人：在线小说创作者身份
IP 和平台绑定

签书：在线小说创作者写的
这本书和平台绑定

图 10-16　签人与签书的区别

一般在某签约网站上签订合同，且保证不在其他网站上进行在线小说创作，就是签人。因为签人的约束性较强，所以全勤奖金比签书的奖金略高一些。

不过，又有一个问题出现了：签人就意味着在未来最少 3 ～ 5 年甚至更长时间里，你只能为这个平台服务。如果你的创作能力突飞猛进，或在线小说一书"封神"，接下来继续创作会有所限制。

所以只要不是大平台追着你签人，原则上在和平台签约时，应以签书为主，除非某个平台给的扶持力度特别大。

10.5　谨防小平台钓鱼式合约

在讲这个话题之前，先给大家看一张某位粉丝给我的私信（见图 10-17）。

有声书那个就是签了十年，现在五年了也没有上架到有声平台，没有量，在在线小说平台是二十年，没到推荐就完结了，没法更新，他不给推荐，现在是零浏览量，在线小说总共才十多万字。

确实他们都是签的独家授权啥的。

08:04

23″

15″

图 10-17　小平台钓鱼式合约案例

同理，因为涉及部分网站平台的名誉权问题，我给大家看的截图是处理后的截图。真实的情况我给大家还原一下：

这位粉丝在某平台上看到我讲的内容，然后添加我为好友，咨询我一个问题：他5年前创作过一部在线小说，质量非常不错，市场评分也不错，当时一个有声平台直接找到了他，告诉他：和有声平台签订合同独家授权，有声平台可以把他的在线小说制作成有声在线小说，以此来获得更多利润，至于利润的分成以及各种各样的福利都已经商量好了。

当时他签订了合同，签订合同到现在已经5年了，这部在线小说既没有做流量推广，也没有制作成有声在线小说。他后悔了。5年时间这部在线小说很有可能已经失去了市场机会，也不符合年轻读者的口味了。他当时问我：如果再把这本在线小说投递到其他平台上，是否有版权风险？

而我给他的唯一答复是：需要和已经签约授权的合作方进行确定，因为这本在线小说目前的版权并不在他手中，如果他盲目操作，很有可能对方会通过合同的模式把他锁死，在他往其他平台发文的过程中追责，他反而成了违约者。

因为合同涉及法律问题，对于普通在线小说创作者来说很容易出现一不留神就跳坑的情况，那么如何规避合同问题，或者如何在合同问题中实现个人利益的最大化呢？我用一句话来总结：合同确定了在线小说创作者的权利和义务。如果合同没有确定以上两者中的任何一种，那么合同的存在没有任何意义，最开始的时候就不要签。

我举个简单的案例：

某平台告诉你：和你签订在线小说合同要签订10年，然后会给你更多的流量分成。表面看你的义务已经具备了，在这些年的时间里，在线小说不能往其他平台发；同时也给予了你权利，会给予你流量分成或者更多的利润分成。真的如此吗？

不！权利不明朗，对方需要告诉你，如果流量分成差，平台给你的保底利润是多少；如果获得了推荐，给你的利润分成是怎样划分的。没有任何保底利润，作者收入就无法保障，那么这个合同不签也罢。

所以你应该想一下，在各在线小说平台签约的时候，平台是怎么规定的？如果你能保证连续26日更新或者连续28日更新，日更字数在4000字以上，且符合某些条件，如能给你每月1500元到3000元的全勤奖，这才算得上合同。

　　在这份合同中，平台把义务和权利区分开，要求在线小说创作者做什么事，然后才能获得怎样的回报，所以你在和平台签订合同的时候，一定要既看到义务也看到权利，而且权利必须是明晰的（见图 10-18）。

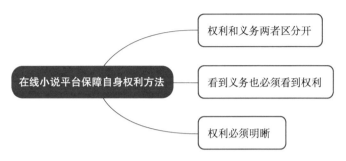

图 10-18　在线小说平台保障自身权利方法

第11章
在线小说写作禁忌事项及潜在危险分析

新手在在线小说平台进行创作时，有些动作是万万做不得的，如果做了，很有可能会影响到在线小说收益。要注意，有些事情不单在在线小说创作过程中做不得，还包括在在线小说写作结束后，大家一定要详读9.1小节和9.5小节。此外，第9章和第13章都属于在线小说写作禁忌事项，在阅读时可以将二者联系起来。

本书之所以不在第9章结束后直接讲第13章，是因为只有把第10章到第12章讲完，我们才可以把第13章讲的问题弄清楚。

11.1 各平台绝对禁止的五件事

各个平台禁止在线小说创作者做的五件事如下（见图11-1）。

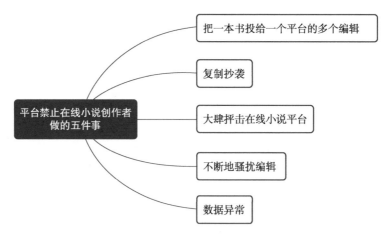

图 11-1 平台禁止在线小说创作者做的五件事

第一，把一本书投给一个平台的多个编辑。

大家都知道，部分在线小说平台是可以内投的，包括起点、逐浪、纵横这些老牌在线小说平台，如果由已经签约的在线小说作者直接引荐也是可行的。内投肯定有内投的优势，最起码不必把这本书展示在该平台上。在线小说能签约，作者再发表，否则，作者可以选择其他平台。

把小说投递给平台编辑时，原则上只能投递一个编辑。这是因为部分在线小说平台的编辑是可以共享数据的，如果将一本在线小说投给单平台的多位编辑，就破坏了行业规则，基本会被拒稿，而拒稿原因与内容质量没有任何关系（见图 11-2）。

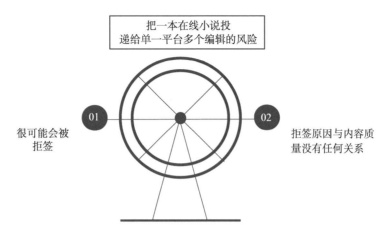

把一本在线小说投
递给单一平台多个编辑的风险

很可能会被
拒签

拒签原因与内容质
量没有任何关系

图 11-2　把一本在线小说投递给单一平台多个编辑的风险

第二，复制抄袭。

复制抄袭触动了编辑核心利益或影响编辑口碑。下面举个简单案例：

某平台创作者 A 创作了一本非常优秀的在线小说。某位内容创作者 B 在另一个平台上把这本在线小说的大致模板、框架全部复制过去，然后以此为模板再写一本在线小说，由于审核编辑并没有发现异常情况，对这本在线小说进行签约，那么平台 A 的在线小说创作者很有可能起诉内容创作者 B。内容创作者 A 一旦起诉或把事情闹大，内容创作者 B 所投稿的平台的声誉也会受损，但平台方肯定不会认错，因为这件事本身和平台无关，属于平台旗下的编辑与内容创作者的错误。

所以一旦抄袭行为被编辑发现，那么创作者用个人证件注册的所有马甲都会失效，因为编辑知道你是个风险因子。

第三，大肆抨击在线小说平台。

我曾经认识这样一位内容创作者，在线小说写得还算不错，但的确有几个小环节出了问题。编辑的意思也非常明了："你只需要把这几个地方更改一下，咱们就有很大概率签约，签约后我给你进行流量推荐。"但那个内容创作者过于自负，且性格倔强——只许他指出别人错误，绝不允许别人指出他的错误。

编辑说完这些话后，这位内容创作者直接反问："你之所以对我提出这些意见，是因为压根儿不想与我签约，因为你们平台本月的签约名额已经满了，是不是？我告诉你们，你们平台有××××的问题……"总之，他说了一堆不该说的话。当着编辑的面说平台的坏话相当于指着鼻子骂人，这位内容创作者自然不会被平台认可。

第四，不断地骚扰编辑。

随着各大在线小说平台的健康发展，平台编辑的权力正在日渐缩小，但即便平台编辑权力受限，拿捏一位新人也不在话下。

我在 2017 年认识一位编辑，他就曾经跟我吐槽过自己被在线小说创作者骚扰的烦恼。一些在线小说创作者会在凌晨 3 点打电话，问他关于在线小说灵感的事。还有一些在线小说创作者会每 5 分钟给他发一条消息，说些鸡毛蒜皮的事。

要注意：作为一位在线小说创作者，不要表现得太过幼稚或脆弱，创作者千万不要影响到平台编辑的日常生活和休息。对于编辑来说，你的在线小说过审或不过审，签约或不签约，应该在上班时间商谈。这是一件很残酷的事——你不要把自己写在线小说的情怀或期待全盘加到编辑身上，人家只是干一份工作，养家糊口而已。

第五，数据异常。请看下面的案例：

一位在线小说创作者在某平台写的一本女频在线小说非常优质，有两个死忠粉打赏的金额超过 4 位数，平台却认为数据异常，并以此为由拒绝签约。

我推测有两种情况：第一种情况是平台的确发现了数据异常，且并不认为这是死忠粉打赏，而是账号存在行为异常；第二种情况是当月的签约名额已满，平台编辑随便拿一个借口来搪塞创作者。但无论如何，新人写在线小说完全没有必要花钱刷阅读量、刷排名，这种行为积累不了人气，还有可能成为平台编辑拒稿的借口（见图11-3）。

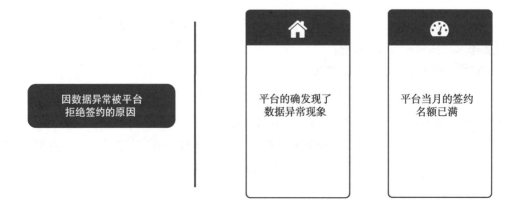

图 11-3　因数据异常被平台拒绝签约的原因

11.2　黄金三章被拒签的几种特殊行为

下面需要做一个额外补充，黄金三章被拒签的几种行为与 11.5 节各平台可能被拒签的 19 件事属于包含与被包含关系，本节只针对黄金三章，而 11.5 节则重点讲签约前的行为规范。

黄金三章会因六大行为被拒签（见图 11-4）。

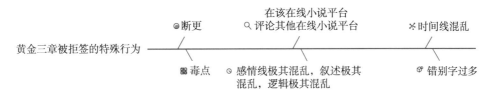

图 11-4　黄金三章被拒签的特殊行为

第一种行为，断更。这一行为非常特殊，在 11.3 小节中我会详细讲解。

第二种行为，毒点。毒点属于典型的三观不正，在前面的章节中我也举过案例，比如玄幻在线小说中家族灭门，而主角却仍然微笑着对对方点头哈腰，并且以此洋洋自得。主角展示出来的行为明显不符合逻辑，会严重腐蚀读者的价值观念，而当平台认为有这方面危险倾向的时候，会第一时间拒签。

第三种行为，在该在线小说平台评论其他在线小说平台。比如：

我写了一本在线小说，然后把它发表到起点平台。可在内容创作时，我大量表扬了逐浪、纵横、番茄等在线小说平台的优势，然后数落起点在线小说平台的劣势。

一旦有了这种行为，在线小说被平台编辑签约的概率极低。其实也很好理解，从平台编辑的角度出发即可：你在我这个平台上赚钱，还说我这个平台的坏话，这肯定是不行的。

第四种行为，感情线极其混乱，叙述极其混乱，逻辑极其混乱。在线小说前三章 6000 字折腾出来 30 个人物，每一个人物都有一段感情；讲故事的时候，连个人名都讲不清楚，不知道对方是谁，不知道对方想干什么，更不知道对方有什么职责。在讲故事的时候以自我为中心，想到哪就说到哪，甚至写着写着把主角都写没了，成了配角唱主打戏，这肯定是不行的。

第五种行为，时间线混乱。任何在线小说在创作过程中都是有时间线的。比如在玄幻在线小说中，主角是从神级人士陨落为凡人，然后逆袭——从凡人开始逆天改命。时间线无非两种：一种是正向叙述，另一种是反向叙述（见图 11-5）。

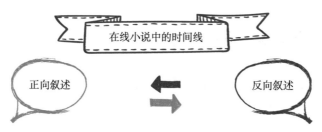

图 11-5　在线小说中的时间线

写在线小说最忌讳的是插叙。这是因为插叙更适用于短篇文章或影视剧，而在在线小说创作过程中，如果使用插叙，动辄几十万字，无论插到哪个时间节点，都容易出乱子、出问题，读者会越看越糊涂，有些内容就连编辑也读不懂，指望在线小说被签约简直是痴心妄想。

第六种行为，错别字过多。2021 年的一次自媒体研讨会上，我曾向部分平台的官方导师提出一个问题："你们如何看待错别字泛滥问题？"那些编辑相视一笑："这很正常，一部在线小说，少的也要几十万字，指望着一个错别字都没有，难度极大。我们只能尽量规避这件事，但不能完全杜绝错别字问题。"

但问题的关键在于，错别字过多在一定程度上会暴露很多问题。最现实的问题是：这部在线小说的前三章写完后，作者不校对，不对自己的在线小说负责，平台怎么可能会对他的在线小说持欣赏态度呢？

11.3　在线小说断更危害及案例讲解

在线小说断更指的是在线小说在更新过程中不能实现每天两章更新，每章更新在 2000 字左右。有一些在线小说平台比较特殊，需要单章节 3000 字，甚至单章节 5000 字，每天更新 1 万字才能拿到全勤奖。

先来看看在线小说突然断更最常见的几种情况（见图 11-6）。

图 11-6　断更的四种情况

第一种，更文突然卡壳，找不到创作方向。这种情况包括但不限于：在线小说写到一半才发现跑题了；在线小说中的部分主角、主要人物关系理不清；某些条件设定出现问题。

第二种，家中突然出现某些意外情况。例如，个人升职加薪、降薪离职、家中老人去世、亲友病重等意外事件扰乱了创作思路和方向。

第三种，创作收益与实际付出不平衡。在线小说创作者持续不断地创作，却收益颇少，不但耗费了创作激情，还会导致在线小说作者对平台、对读者甚至对编辑有意见和看法。

第四种，没有全勤意识。一些在线小说萌新凭借满腔热血创作，或刚入驻在线小说行业不久，对于在线小说创作并没有把握精髓，总是想当然靠着灵感进行创作，产量时多时少，不够稳定。

无论上述哪种行为出现，都会导致在线小说断更，从而对在线小说产生如下危害（见图 11-7）。

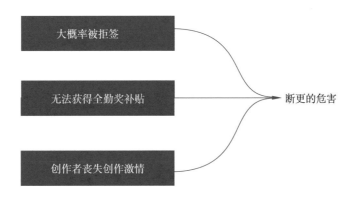

图 11-7　断更的危害

危害一，大概率被拒签。编辑看在线小说时，是从两个角度去看。第一个角度是市场化，也就是读者喜不喜欢读，愿不愿意为这本在线小说付费。市场化不易量化，也没有评判依据，完全靠编辑在这个行业摸爬滚打数年时间积累起来的经验。

第二个角度则是硬性指标，首当其冲就是更新频率。如果你能保证每天更新一章也说得过去，但如果每天更新章节的数量没规律，有时一天更新三章，有时一天更新五章，有时连续 3 ～ 5 天不更新，编辑就会判定你断更失信。创作者一旦出现长时间断更行为，很大概率会被拒签。

危害二，无法获得全勤奖补贴。所谓的全勤奖是平台编辑认为创作者在写作的前 3 ～ 6 个月无法获得收益，为了鼓励创作者坚持写下去，平台适当给予的一定补贴。

当然，平台给予补贴，也是有条件的。一般情况下，一个月需要更新 26 天或 28 天，然后每天更新字数必须在 4000 字以上。有的平台甚至会要求创作者更新 1 万字以上，才有可能获得每月 3000 元的全勤补贴；如果断更，这部分补贴就没有了。

危害三，创作者丧失创作激情。在线小说创作时如果频繁且持续地出现断更行为，慢慢地，创作者就会丧失激情。有些人会形成写作"拖延症"：今天累了可以不写，明天不想写了可以不写，后天家中有事也可以不写，那么这本在线小说就一直写不下去，因此会进入恶性循环。长此以往，创作者一直没有成绩，就没有办法在在线小说这条路上有所发展。

如何保证在线小说不断更？

这是一件很重要的事，因为有的时候断更不单是主观因素造成的，很有可能是被动行为。关于断更，我只能提三个解决方案（见图 11-8）。

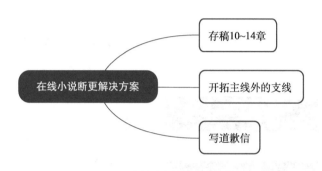

图 11-8　在线小说断更解决方案

第一方案，存稿 10 ～ 14 章。如果你希望通过在线小说获取收益，而且不能保证自己每天都有空写在线小说，无论你的日更新频率是怎样的，都必须有 10 ～ 14 章的存稿。10 章存稿是一个非常巧妙的节点，这意味着在接下来 5 天时间里你能保证每天更新 2 章，而 5 天时间就是一周的 5 个工作日。如果你的工作比较特殊，可以把 10 章扩充到 14 章，也就是一周的发文量，这能够保证你在事出有因的前提下仍有一周的更新量。

第二方案，开拓主线外的支线。断更如果是因为卡文引发的，无论是主线出问题，还是主角人设出问题，或者是自己不知该怎么写，总归是在线小说在创作过程中出现了问题，你都可以在该情节之外开拓一条支线，把支线问题解决了再回过头来讲主线。支线在原则上是可以随时开随时关的，而开拓支线的主要目的除了扩充字数，提高在线小说的可读性，还有一个关键作用，就是帮助我们解决卡文的问题。

第三方案，写道歉信。如果你确实因不可控原因导致无法更新，且因为之前爆更把手里的 14 章稿件全都发了出去，导致没有新的稿件，一定要在最后一章节的结尾处写道歉信。

这种道歉信并不是写给读者看的，而是写给编辑看的。如果编辑发现你的前 50 章或前 100 章中发现某处有断更，且是在在线小说即将准备上架的时候，编辑有可能看一下你的断更原因，编辑看完道歉信后能了解个大概，即便明知道歉信是假的，但最起码你的写作态度还算端正，对之后的平台推荐还是有很大帮助的。

总归一句话，作为在线小说创作者，要保证日更 2 章，每章 2000 字以上，这是基本要求。如果无法满足这一要求，在线小说获取收益难度极大。

11.4　在线小说被拒签的特殊情况分析

在线小说在签约过程中，存在被签约和被拒签两种情况。被签约是因为在线小说质量好，那么被拒签是因为在线小说质量差吗？并不是这样的。人们常说"万事无绝对"，在在线小说签约过程中更是如此。我提醒大家一点：一些在线小说之所以被签约，并不是因为质量好，而是因为平台根本不需要付出任何成本，就能收到你的在线小说版权。这种情况一般在小平台签约中存在，9.6 小节中已做重点讲解。

在线小说被拒签是因为质量特别差吗？不完全是。除了在线小说质量特别差，写得驴唇不对马嘴，有硬伤，比如在线小说中存在明显的"擦边球"现象或黄赌毒问题，还有以下几种情况（见图 11-9）。

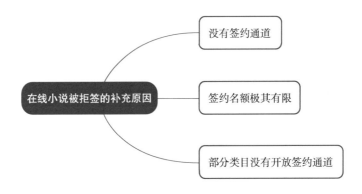

图 11-9　在线小说被拒签的补充原因

情况一，没有签约通道。

我的一位学生对我说，自己放弃已签约且能够拿到全勤奖的在线小说，转而投稿给某小众平台。为什么呢？因为该小众平台打出一款广告，说创作者签约后能获得每月 1 万元的保底奖金，此外，还能够获得其他各项福利。这位学生心动了，就直接投奔了该平台。当时我只问了他几个问题：

"你现在看到的只是一张海报，上面没有对接负责人，这张海报也没有说签约名额和人数。此外，这个小众平台的确容量太小了，它能签约如此多的在线小说创作者吗？"我并没有说该在线小说平台搞虚假宣传。如果它只签约一个作者，那不就毁了众多在线小说作者的大好前程吗（见图 11-10）？

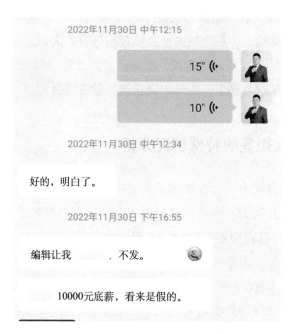

图 11-10　平台虚假宣传的案例

　　事件的后续结果也的确如此。当我的这位学生去签约时，平台只是一个劲儿地问："你之前有过什么辉煌经历吗？创作过什么优质在线小说吗？如果没有，建议您转投其他平台。"一些平台为了宣传自身，会拿虚假广告或根本无法实现承诺的奖金、福利来吸引在线小说创作者对该平台投递稿件，实际情况却是无论在线小说质量高低，被签约的概率都很低（见图 11-11）。

图 11-11　部分平台搞虚假宣传的现象分析

　　情况二，签约名额极其有限。

　　我在 2022 年 6 月给学员讲课的时候曾经说过：每年的 7 月、8 月和每年的 12 月、1 月以及 2 月上旬，不太建议新手投稿。我们可以先把稿件存起来，等过了 2 月再投稿，这并不是故弄玄虚，而是客观规律：对于部分大学生、高中生，乃至其他阶段的学生来说，出于个人爱好，会利用寒暑假写在线小说，因此这段时间创作在线小说或者投稿在线小说的数量会急剧增加。

在线小说的投稿量增加，被签约的在线小说数量却是稳定的，每个编辑手中只有5～50 个名额，所以就会导致优秀在线小说没有办法被签约。

情况三，部分类目没有开放签约通道。

有些在线小说平台对灵异在线小说的态度十分谨慎。

部分小众平台对灵异或者其他特殊种类的在线小说压根儿不收，一来没有对应编辑组，二来就算有编辑，也害怕承担责任，平台也害怕担风险，索性拒签。就算签约，也只签约那些已经在其他平台上拿过成绩的创作者。所以作为一名新人，如果写灵异类在线小说，被签约的概率是极低的（见图 11-12）。

图 11-12　在线小说平台对灵异在线小说的态度

额外补充：

对于投稿在线小说，平台自有一套话术：您这本在线小说不符合我们平台的创作风格，建议去投其他平台试试；或者这本在线小说有这样或那样的缺陷、这样或那样的问题。对此，你不要盲目听从或迷信编辑的说法。

当某平台接二连三地拒绝你的在线小说时，你不要在一棵树上吊死，去其他在线小说平台试试，或许会有意想不到的惊喜（见图 11-13）。

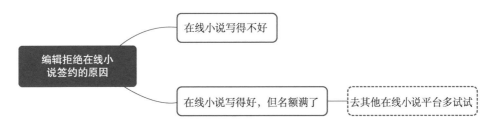

图 11-13　编辑拒绝在线小说签约的原因

11.5　可能被各平台拒签的 19 种情形

关于在线小说被拒签，我总结了 19 种情形（见图 11-14），希望大家尽可能在签约前不犯以下错误。

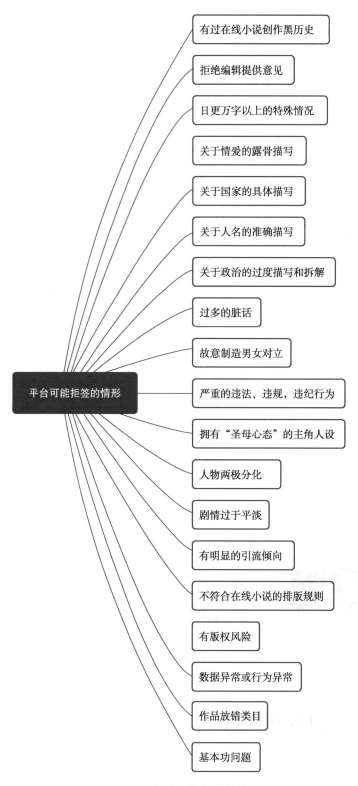

图 11-14　平台可能拒签的情形

其一，有过在线小说创作黑历史。这里的在线小说创作黑历史包括但不限于：该马甲在早些年有过抄袭行为，有过辱骂编辑行为，有过连续断更行为，有过创作在线小说且签约后直接扑街行为等各种黑历史行为（见图 11-15）。

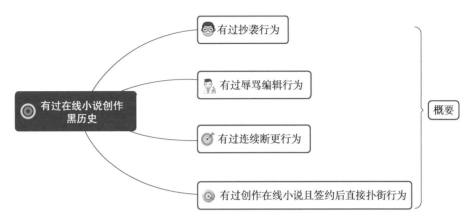

图 11-15　有过在线小说创作黑历史

其二，拒绝编辑提供意见。当你的在线小说创作达到 5 万字或 10 万字时，编辑会联系你。你在在线小说网站注册的过程中留有个人信息，编辑联系你并不是直接签约，而是告诉你在线小说中有哪些问题需要改，有哪些问题需要精进。

这是你和编辑互动的很好机会。编辑提出的意见，如果你觉得不合理，可以心平气和地和编辑讲自己为什么这样写，但原则上不建议这样做。一般来说，编辑怎么要求你就怎么更改，毕竟编辑是过来人，有写作经验，他提出的问题大多有可借鉴之处，就算是可改可不改的问题，也不要直接和编辑硬顶。

其三，日更万字以上的特殊情况。某平台曾发生了一件非常诡异的事：声称在线小说作者写够 5 万字就可以申请签约，可以直接在后台点击"一键申请"。我的一个学生一天就更新了 5 万字。我问他为什么更新如此迅速，他只回了一句：希望能够在最短的时间内签约，然后获取收益，最好能够一个月赚 3000 元。先不说这种方式是不是太过于理想化，一天更新 5 万字，本身就已经突破了平台的算法机制。从平台的角度出发，日更 1 万字的人少之又少，更不用说日更 5 万字了。

如果你一方面在挑战平台的审核机制，另一方面又无法维持日更 5 万字的基础频率，就会给平台或者编辑留下负面影响。对于平台来说，这样的在线小说创作者明显不懂平台规则，在同等优质的在线小说竞争者面前，就会被先淘汰。简单来讲，在线小说日更两章是没有问题的，但不建议更新字数太多，日更 1 万字就已经是极限了。

其四，关于情爱的露骨描写。在线小说在创作过程中有两大禁区，第一是未成年人谈恋爱。无论哪种题材的在线小说，出现未成年人谈恋爱的情节，都是绝对不允许的；允许成年人自由恋爱，但未成年人不允许，而且即便是成年人谈恋爱，在在线小说前三章、前五章甚至前十章中都不能有露骨描写（见图 11-16）。

不允许出现未成年人谈恋爱

成年人谈恋爱，不能有露骨描写

图 11-16　在线小说创作中写恋爱题材的禁忌事项

其五，关于国家的具体描写。军事在线小说和体育在线小说经常触及这类描写，甚至包括都市在线小说，比如一本在线小说直接讲到了美国、中国、朝鲜、日本等国家，而且讲到了这些国家的恩怨情仇，如果在线小说创作者有权威的历史资料，且本身就是这方面的专业作家，那没有问题。但一些在线小说创作者在写这些信息的时候，无非就是为了过把瘾，这是不可以的。一旦关于具体国家的描写出现问题，就会误导读者，而且带来的负面影响不是平台能够承担的。

其六，关于人名的准确描写。这里以都市在线小说为代表加以说明。如果你写了一部都市在线小说，暗讽某些明星装大牌以及脑残粉无底线追星的行为，这一主题其实是没有问题的，可如果你指名道姓说出明星的名字，做过什么事，就会侵犯到该明星的名誉权。如果该明星维权，对平台来说就是个麻烦，所以平台为了避免麻烦，对这类在线小说很可能拒绝签约。

其七，关于政治的过度描写和拆解。这一点我不做过多讲解，你只要明白在线小说的主题是泛娱乐化，而在泛娱乐化中对政治有过多描写或阐述是一件非常不可取的事情。

其八，过多的脏话。在线小说中出现大量脏话并不能吸引读者，恰恰相反，会带坏年轻一代的读者，单纯从这一角度出发，平台都不可能跟你签约。

其九，故意制造男女对立。近几年男女对立的话题的确越来越多，尤其是某些脱口秀艺人专以男女对立为话题，带节奏，增加自己的曝光度。男性、女性各有各的难处，也各有各的优势，完全没必要制造男女对立。

奉劝那些希望通过打造男女对立获得在线小说流量的创作者改变自己的创作初衷，也许制造男女对立未必会导致在线小说被拒签，但以此为噱头推广自己的在线小说不可取。

其十，严重的违法、违规、违纪行为。2020 年，我的一个学生写了一本在线小说，重点讲解酒驾、飙车的惊险事件。当时我问他："关于这本在线小说的素材灵感，你从何而来？如果是你亲身经历的，你就应该第一时间去自首，因为你酒驾、飙车危害到了公共安全。如果你假想出这类内容，那么你考虑过没有，这种行为本就是违法违规行为，你在塑造怎样的形象？难不成你想在在线小说中塑造一个违规、违纪却逍遥法外的主角形象吗？"

在线小说不是法外之地。在线小说主角的行为会潜移默化地影响读者，所以你笔下的在线小说主角最起码三观要正，这是一种正确的写作态度（见图 11-17）。

在线小说形象传递正确的价值观　　　　　在线小说主角的三观要正

图 11-17　在线小说写作形象规范

其十一，拥有"圣母心态"的主角人设。在所有的在线小说签约过程中，主角的人设几乎起到了重大作用，有些创作者为了保险起见，把主角人设完全打造成"圣母心态"。所谓"圣母心态"，就是过分善良、盲目善良，乃至敌我不分，模糊善恶。这种行为是不可取的。遇到什么事都优先考虑别人，面对坏人的时候，对方说一句"我错了"就立刻原谅对方。这是不可取的，这种典型的"圣母心态"无法吸引读者阅读。

其十二，人物两极分化。一些在线小说对主角一方面塑造其坚强勇敢，另一方面塑造其"猥琐发育"，属于典型的人格分裂。在第一章节主角可以为了朋友上刀山下火海，第二章节主角为了保命不管不顾，第三章节主角又英雄附体，这种反反复复的性格转变，会让读者接受不了，有可能因此给予差评，导致在线小说流量骤降。

其十三，剧情过于平淡。一些人写在线小说就跟写流水账一样：今天天气晴朗，主角出门干了什么事，遇到了什么人，做了什么样的打算；第二天出门遇到了什么人，遇到了什么事，做了怎样的处理。既没有剧情，也没有冲突，这类在线小说不要说被签约了，即使上架被多次推荐，也肯定没有读者阅读。

其十四，有明显的引流倾向。任何平台都存在私域保护和公域保护，我简单讲一讲这两种保护。平台的流量属于平台，你想从平台上获取部分流量，就必须和平台进行利益交换，所以一些在线小说创作者在平台上拉取一波粉丝，平台也不会多说什么。但对于部分在线小说创作者来说，直接在平台上提竞争平台的品牌名或自己的微信、QQ、联系电话，连过审的机会都没有，如果频繁创作该类内容，很可能被直接拒签。

其十五，不符合在线小说的排版规则。一些人在写在线小说时压根儿就不懂排版规则，也没有排版意识：要么是一个段落堆上 1000 字、2000 字，不懂分段；要么是频繁分段，恨不得一个字一段；要么连在线小说基本的对齐规则都不懂。凡是不懂这些规则的新手，我只有一个建议，就是扫榜的时候看看别人的在线小说是如何排版、如何布局的，如果连这些基本规则都搞不定，签约的概率几乎为零。

其十六，有版权风险。这类在线小说就是我们常谈的同人文。所谓同人文，就是在创作的过程中借鉴了其他在线小说的框架的衍生作品，如果在借鉴的过程中获得了这些在线小说原作者的授权，或者在借鉴的过程中有平台授意，那问题不大。但如果属于自由创作，则想要签约的难度极大，因为这涉及核心问题——版权。

其十七，数据异常或行为异常。这部分异常一般是指创作者给自己的在线小说主动刷数据，或者使用各种方法给自己的在线小说排行动手脚。

其十八，作品放错类目。比如你写的是玄幻在线小说，结果阴差阳错到了都市编辑的手中，或者你写的是历史在线小说，阴差阳错到了军事类目的编辑手中。出现作品放错类目的情况，如果遇到细心的编辑可能会把这本书重新分类，但如果编辑本身不负责任，那么你这本在线小说下场就可悲了，会被断然拒绝。

其十九，基本功问题。这是最重要的问题。在线小说基本功问题与创作者年龄有一定的关系。

比如一位70岁的老人习惯于在纸上创作，写完再发到网上，虽然这种创作精神可嘉，但是站在平台的角度看，这种低效方式不符合获取收益逻辑。原则上说，50岁以上的中老年人在没有接触过在线小说创作，且最近几年没有读过当红在线小说的情况下，创作要谨慎。同理，未成年人创作在线小说也要谨慎，建议未成年人以学业为主，因为他们缺少人生阅历和写作经验，很难写出符合读者阅读期望的作品（见图11-18）。

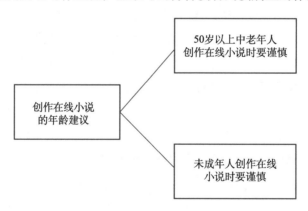

图 11-18　创作在线小说的年龄建议

第 12 章
在线小说签约获取收益趋势及可行性分析

20 世纪 80 年代末，随着互联网的发展，一些人开始搞在线创作并取得了非常好的成绩。不过，这些在线创作比较稚嫩，还不能被称为优秀之作，直到 1997 年，互联网平台上开始涌现出一批优秀的在线小说。这部分在线小说市场知名度不高，传播及影响力也极其有限。可以说，在 1997—2010 年，在线小说并没有呈现出大规模井喷式的发展势头，而是一直向下扎根，在吸引内容创作者进行创作的同时，也带动部分读者对在线小说创作产生兴趣。

其间，也诞生了一批优秀在线小说，如唐家三少的《光之子》、天下霸唱的《鬼吹灯》和南派三叔的《盗墓笔记》。

彼时，在线小说更像在野蛮生长，并没有形成规范化的标准，在线小说行业发展整体参差不齐，好的在线小说很可能会被埋没，而有争议的在线小说却可能大行其道，主要原因在于在线小说行业是新兴行业，管理相对混乱。2010 年后，智能手机的大范围普及让在线小说阅读从电脑端转移到移动端，且阅读成本极速降低。在培养了大批读者群体之后，在线小说行业的发展也进入了新一轮的增长期（见图 12-1）。

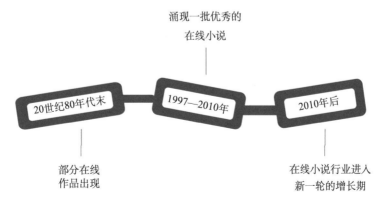

图 12-1　在线小说创作发展趋势

12.1　在线小说创作者生存现状及实际案例解析

在不同的时间段，在线小说创作者所面临的形势是不同的。取得第一波红利的内容创作者完全可以凭借一本书或两本书的版权收入一辈子吃喝不愁，而那些特殊的在线小说创作者或爆红的在线小说创作者往往不具备代表性和可分析性，所以本书重点分析 2023 年前后的在线小说创作者现状及相关实际案例（见图 12-2）。

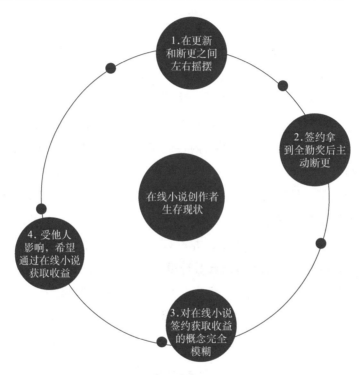

图 12-2　在线小说创作者生存现状

案例一：部分学员在更新和断更之间左右摇摆

2022 年 11 月 14 日，我收到训练营某学员发的一条私信，他重点询问了一个问题：

番茄首秀还没有超过 10 万字，断更之后再更新，会不会影响到之后的数据？

看到这个问题，我心里不由一惊：提出这个问题意味着该学员已经出现了断更行为，而在任何一个平台若没有拿到首秀就出现断更，都会给平台编辑或平台算法留下消极印象，极有可能影响到在线小说的首秀推荐（见图 12-3）。

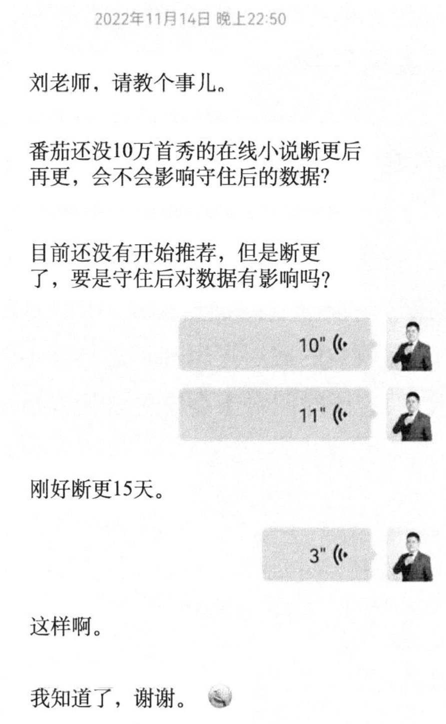

2022年11月14日 晚上22:50

刘老师，请教个事儿。

番茄还没10万首秀的在线小说断更后
再更，会不会影响守住后的数据？

目前还没有开始推荐，但是断更
了，要是守住后对数据有影响吗？

10" ((•

11" ((•

刚好断更15天。

3" ((•

这样啊。

我知道了，谢谢。　🌐

图 12-3　断更案例

案例二：部分学员签约且拿到全勤后主动断更

2022 年 11 月 1 日，我收到了在线小说训练营某学员的一条私信。这位学员是我认识的所有新手学员中最有潜力的，他写的第一本在线小说直接被起点平台成功签约。我对这本在线小说的期望值较高。签约之后，这位学员在能获得足额全勤奖的前提下选择了断更。我为此感到非常遗憾。因为如果他能够坚持下来，或许会取得更好的成绩（见图 12-4）。

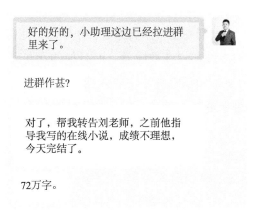

好的好的，小助理这边已经拉进群
里来了。

进群作甚?

对了，帮我转告刘老师，之前他指
导我写的在线小说，成绩不理想，
今天完结了。

72万字。

图 12-4　主动断更案例

案例三：部分学员对在线小说签约获取收益的概念完全模糊

2022 年 10 月 2 日，我收到一位粉丝的求助信息，当时他问我：

作为高中生，每周我只能更新 2～3 章，是否还有写作的必要？

我用一句话直接否定：一般情况下不太可能被签约。这句话显然太过直白了，可的确是事实。因为对于这位学生来说，高效学习的重要性远超在线小说获取收益，更重要的是他对于在线小说获取收益的底层逻辑和理念体会不深，即便写在线小说，也至少有 1～2 年的磨合期，而这段时间对于高中生来说弥足珍贵，我仍然建议他以学业为主（见图 12-5）。

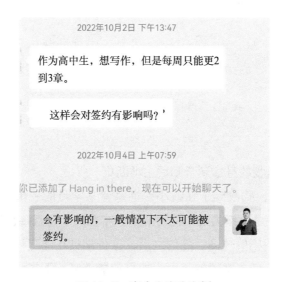

图 12-5　高中生咨询案例

案例四：部分学员受他人影响，希望通过在线小说获取收益

2021 年 5 月 24 日，我收到一位写作训练营合作导师（他曾是我的学生）的一条私信。他告诉我希望通过写在线小说获取收益，而且他的女儿已经通过写在线小说的方式赚了 2000 多元。50 万字的短篇在线小说收入能够达到 2000 元，效益其实是相当不错的，如果这本在线小说能够持续创作，带来的收益会更高。这激发了父亲通过写在线小说获取收益的梦想。

从 2019 年开始，我通过私信等特殊方式帮助学员进行在线小说获取收益。但这种获取收益规划并不系统，因为时间有限。2022—2023 年，我开设了在线小说获取收益的相关课程，开始全心全意服务学员。部分学员通过学习在线小说写作获得了全勤奖的补贴和奖励，也有部分学员通过写在线小说的确赚到了人生的第一桶金（见图 12-6）。

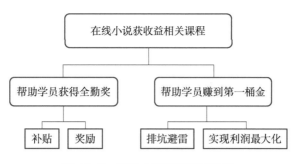

图 12-6　在线小说课程发展规划

问题的关键在于在线小说不同于自媒体，写作获取收益中的"坑"很多，一招不慎满盘皆输，而我编写本书的宗旨也主要是帮助大家"排坑避雷"，实现在线小说创作利润的最大化（见图 12-7）。

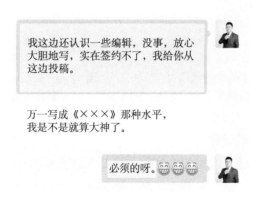

图 12-7　获取收益沟通案例

12.2　部分在线小说创作者的收益分析

为了掌握在线小说作者收益的真实情况，我在今日头条中找到番茄小说用户，该用户公布过番茄小说作家的稿费，只不过最近一次公布是在一两年前。从 2020 年 12 月 14 日公布的 2020 年 11 月作家收入数据来看，11 月一共有 370 位作家月收入破万元，超百位作家月收入超过 3 万元（见图 12-8）。

从番茄小说 2020 年 11 月 19 日公布的番茄小说 10 月作家稿费以及 9 月、10 月双月的报告来看，10 月共有 402 位作家收入破万元，甚至有单书创下月收入 155 万元的纪录（见图 12-9）。

图 12-8　番茄小说公布的在线小说
创作者的收益截图 1

图 12-9　番茄小说公布的在线小说
创作者的收益截图 2

　　根据这两份收益截图，我们能够得出一些结论。这些结论需要依托番茄小说创作者究竟有多少得出。注意：这里的内容创作者是指正在创作的在线小说创作者，至于他们究竟有多少，即便通过后台数据分析，也很难得出准确结论。所以我没有办法得出通过写在线小说达到月入万元的内容创作者的准确比例，但以番茄小说的庞大数据来分析，希望通过写在线小说月入过万，难度是极大的。

12.3　纠正在线小说创作者的两种极端思想

　　很多在线小说创作者在创作之前就一直幻想自己一夜成名：幻想这本在线小说将来一定会签约上架，赚很大一笔钱；幻想这本在线小说会被改编成电影、电视剧，甚至和平台产生版权纠纷。我只能说：大部分只是幻想而已。根据我在在线小说行业从业的 4 年经验，我总结出在线小说创作者的两种极端思想。这两种极端思想产生的原因是多样的，但无一例外，均有悖于市场规律（见图 12-10）。

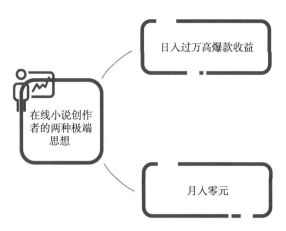

图 12-10 在线小说创作者的两种极端思想

1. 日入过万元高爆款收益

从 2019 年开始，一些在线小说训练营开始在网上陆续出现。它们对外推广的噱头，无一例外是月入过万元。其学费是 299 ～ 499 元。目前在线小说市场不能说全都在"割韭菜"，但"割韭菜"的情况确实占了很大比例。

这种"割韭菜"如果只是单一市场行为还可以理解，可问题的关键在于这种市场行为会引发负面效应，让一些在线小说创作者认为在在线小说领域赚大钱很容易。以至于我的学员三天两头就要问我一句："为什么我这本在线小说还没有赚到 1 万元、2 万元？赚不到这么多钱，我就不写了。"

写在线小说追求的是长尾收益，意味着很难赚到快钱。要注意，是很难赚到快钱，不是很难赚到钱。我在本书中会告诉大家如何赚到在线小说创作的第一桶金，以及在在线小说获取收益的过程中有哪些注意事项。有一点是确定无疑的：好高骛远、眼高手低是不可行的。

2. 月入零元

还有一些人会走向另一个极端，他们私下认为通过在线小说赚钱难度极大且不可行，认为在线小说这个行业没有任何市场前景，自己写在线小说只是出于情怀。当然，购买这本书且不指望写在线小说赚钱的"小伙伴"很可能也是因为情怀，但情怀不能当饭吃，如果只有情怀而没有实际收益，写作新手即便能够坚持三个月、五个月，也很难在写在线小说这条路上走下去。在线小说创作也需要利益激励。因此，适当地给予收益是平台乐意做的事，也是在线小说创作者所喜欢的。

这中间最为典型的就是全勤奖补贴。无论是 400 元起步还是 3000 元封顶，我们要注意：这是平台自发补贴给在线小说创作者的，而平台在做这件事情的时候并没有获得直接利益。既然没有获得直接利益，为什么平台还会给我们额外补贴？因为这份补贴能够让在线小说创作者度过开始阶段，也就是最艰难的 6 个月，度过这 6 个月之后，平台才有一定概率见到"回头钱"。

看到没有？平台也认为在线小说创作者可以获得收益，且他们值得以全勤奖优待。既然如此，我们也应该朝着这个方向发展，毕竟写在线小说是一种爱好，而凭借这种爱好还能够赚到钱，这种两全其美的事何乐而不为（见图 12-11）？

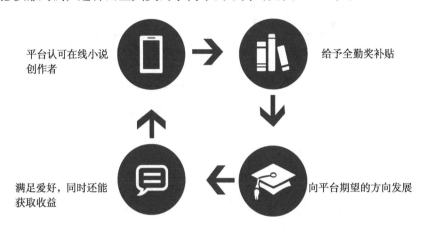

平台认可在线小说创作者　　　给予全勤奖补贴

满足爱好，同时还能获取收益　　　向平台期望的方向发展

图 12-11　在线小说爱好与获取收益的关系

12.4　在线小说签约趋势分析及预估

接下来讲的趋势预估，是我在 4 年在线小说指导生涯中总结出来的经验，并没有关键数据和指标。准确地说，几乎所有人都拿不到关键数据和指标，这涉及各个在线小说平台的机密，所以我们只讲未来在线小说的发展大趋势，当然这种发展大趋势也有可能会伴随着一到两个在线小说平台横空出世而发生改变。

以写文章为例，在今日头条没有出现的时候，大部分图文内容创作者获得的利润相对较低，只能通过公众号获得高额收益。但是今日头条的出现瞬间搅动了图文市场。在线小说市场也是同理，如果在未来 3 ~ 5 年没有新兴平台出现或者新兴平台不足以撼动整个在线小说市场，那么下面讲的所有内容的基本逻辑不变，但部分指标可能出现异常（见图 12-12）。

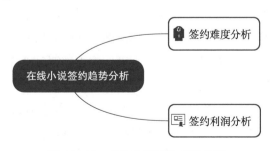

签约难度分析

在线小说签约趋势分析

签约利润分析

图 12-12　在线小说签约趋势分析

1. 签约难度分析

在线小说签约难度一定会越来越低，部分新兴平台和部分早年高门槛平台更是如此。

新兴平台指的是在市场上没有太大影响力，投稿的创作者不多，且迫切希望打出口碑的平台。这类平台甚至会发展出畸形审稿流程，即投稿就有签约概率，而且概率极高。你的作品在其他平台上可能会让平台编辑犹豫不定，但是在这些小平台上，平台编辑可能会两眼放光，恨不得马上就跟你签约。

这给我们提供了一条新思路：如果我们只是希望获得在线小说签约作者的头衔，那么可以去这些小平台，只不过小平台获得的利润不高，还很有可能把我们创作的在线小说锁死。

高门槛平台一般指知名度较大、威望较高的平台，只不过近年来受到新兴平台的冲击，它们放低了姿态，签约标准也有所降低（见图 12-13）。

新兴平台：在市场上没有太大影响力，投稿的创作者不多，签约概率高

高门槛平台：知名度较大、威望较高，签约标准降低

图 12-13　在线小说签约难度逐渐降低

2. 签约利润分析

我们很容易理解一点，即在线小说签约难度降低的代价往往是在线小说利润降低，而目前在线小说利润呈现两极分化：一些在线小说平台给作者的全勤奖动辄 3000 元起步，而另外一些小平台可能 300 元封顶。

300 元意味着什么？哪怕现在注册外卖骑手，5 天时间最少也能赚 300 元。300 元全勤奖在在线小说领域性价比低得可怜。既然如此，为什么还有越来越多的在线小说内容创作者愿意进入在线小说市场，并且愿意赚 300 元全勤奖呢？

因为在线小说行业也是两极分化的，而且两极分化是远超过二八比例的。不太夸张地说，行业前 100 位领头羊带来的收入，就已经超过其余所有在线小说创作者的收入总和了。而在线小说创作者最大的梦想，就是坚持走这条不算顺畅的路，慢慢成为别人仰慕的前辈，也就是励志成为二八比例中的二。

所以我们又能得出一个结论：在线小说利润是由低走高的，如果我们有悟性、有能力，再加上机缘，那么获得一份高收益，甚至养活一家企业都有可能，最起码在线小说给普通人提供了一次逆袭机会。

那我们就需要把这次机会摆在面前，从头到尾剖析一下。先从全勤奖开始谈。在线小说平台的签约奖金可以分为4个档次：第1个档次是300元以下，第2个档次是300～600元，第3个档次是600～3000元，第4个档次是3000以上的特殊签约模式（见图12-14）。

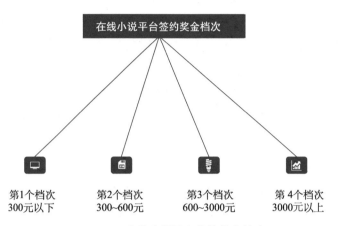

图 12-14　在线小说平台签约奖金档次

之后我会给大家讲如何在在线小说平台申请签约以及申请签约的注意事项，在这里我只做一点额外补充，希望小伙伴们牢记：如果这本在线小说被签约，那么签约奖金达不到300元，建议慎重行动。

3. 在线小说签约趋势分析

现在我们回过头来总结一下。在线小说签约难度越来越低，在线小说签约利润又是分档次的。所以在线小说签约的趋势是什么？其实已经很明朗了，没错，在线小说签约的概率会越来越高，部分平台为了增加绩效或为了增加优质作者被签约的概率，会采取广撒网的策略。下面是最典型的一例：

我的一位学生在2023年签约成功。他写在线小说只是兴趣爱好，而且是利用寒暑假的时间写。他的小说单章节2000个字中至少有20个错别字，即便这样，仍然被某个免费在线小说网站成功签约。

所以，我们再做一个大胆预估：在未来3～5年里，签约在线小说作者越来越不值钱了。我们需要从签约在线小说作者向畅销在线小说作者方向转变，甚至通过将在线小说改编成书来打造 IP 以获取收益，这才是在线小说创作者的主流发展方向。

12.5　大多数在线小说创作者获取收益流程分析

接下来讲大多数在线小说能够获取收益的全流程分析。要注意，本小节我讲的是大部分在线小说，因为有一些在线小说比较特殊——被平台买断，还有一些在线小说更为特殊——直接改编成影视，还有一些在线小说在内容创作之初，平台就给予了高额补贴。接下来把这些极其特殊的在线小说排除在外，讲一讲普通人创作在线小说获取收益的全流程（见图 12-15）。

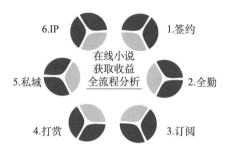

图 12-15　在线小说获取收益的全流程

第一步，签约。

我们在任何一个在线小说平台创作，优先获得的权限都是签约。只有获得了平台签约，才能获得平台的一次推荐、二次推荐；只有通过在在线小说平台签约，才能谋求与编辑沟通；如果不签约，只在这个平台上写着玩，即便这本书写到了 1000 万字，甚至写到了 2000 万字、5000 万字，也不会被编辑推荐，也不会被读者阅读。

第二步，全勤。

签约后争取全勤。全勤在各个平台的认定标准都不一样。我举一个简单案例：

某个在线小说平台要求你一个月更新 26 天，每天更新最低字数为 4000 字，若满足条件就能够获得全勤奖的补贴；还有一些在线小说平台要求你在本月获得的直接利润超过 100 元，只有满足条件，才能给全勤补贴。现阶段的全勤补贴和 5 年前相比差距拉大，门槛在缓慢提升。

第三步，订阅。

订阅是获得收益的最重要指标。当一本在线小说更新字数超过 50 万字或者 100 万字，在时机合适的时候，就可以让这本书以订阅的方式展示在读者面前。

从理论上说，这本书越晚订阅，其获得的利润就越高，因为越早订阅就越意味着黏性粉丝数量少，所以一定要和编辑提前沟通。原则上，在线小说字数不得低于 50 万字，这是订阅的最低门槛（见图 12-16）。

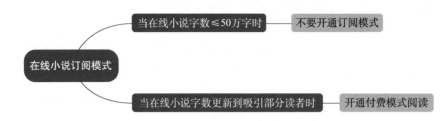

图 12-16　在线小说订阅模式

当在线小说更新到一定程度，读者喜欢阅读的时候，就必须付费了。这里的付费阅读模式，就是订阅。2019—2020 年，互联网上兴起了一股潮流，付费订阅在线小说可以免费阅读了，以番茄、七猫为首的免费网站横空出世，彻底打乱了付费在线小说平台的布局。免费在线小说平台的作者获取收益流程将在之后的章节中详细讲解。

第四步，打赏。

2015 年后，在线小说的打赏额度越来越高，有一些人为了能够追更在线小说，动辄打赏超过 1000 元甚至 5000 元。打赏金额还须与在线小说平台分成：平台留一部分，作者拿一部分。

不同的人打赏后的分成比例是不同的。在线小说平台上有部分特权人物存在，这些特权人物大概率在早些年创作过非常优质的在线小说或有非常忠实的粉丝群体，平台为了让他们带动更多的读者阅读或者带动平台的影响力，会做出部分利益妥协，平台越小妥协概率越大。

第五步，私域。

在线小说平台真正能够实现高额收益或"躺赢"赚钱，是通过私域获取收益。我举个简单案例：

某本在线小说写得非常好，出版社联系到内容创作者，希望出版这本在线小说，对外销售价格是 60 元，而作者能够拿到的内部价格是 30 元。那作者如何把这本书卖出去呢？其实作者有了一定名气后就可以布局。最好的布局方式是把读者群体拉到自己的私域——公众号中。

要注意：私域指的是公众号，而不是个人微信号，因为公众号形成私域更容易些。最通俗的做法是：在线小说创作者让绘画师绘出在线小说中的几个关键角色，然后在某章节的最后一段告诉大家：如果大家希望看到某个角色的形象，需要关注某公众号，以此实现公众号的引流。

如图 12-17 所示，如果一本在线小说有 100 万人阅读，而有 20 万人或者 30 万忠实粉丝，且能够引流到公众号，其带来的利润难以估计。

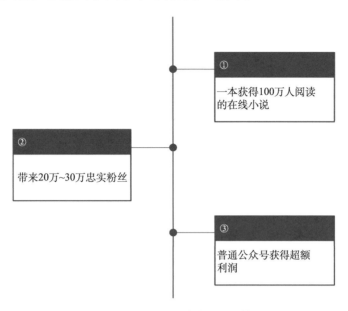

①
一本获得100万人阅读的在线小说

②
带来20万~30万忠实粉丝

③
普通公众号获得超额利润

图 12-17　公众号引流的可观前景

第六步，IP。

什么叫在线小说 IP ？当别人提到某一本在线小说的时候，你就能够想起在线小说背后的作家，这就是 IP。比较典型的是《明朝那些事儿》《鬼吹灯》《盗墓笔记》以及某些玄幻在线小说，这些在线小说作者大多已经跳出在线小说创作领域，转向其他领域，顺风顺水。所谓的 IP 就是：提起这个人，能想起他写的书；提起这本书，能想起这个人。IP 获取收益永远是在线小说、自媒体乃至任何一个行业获取收益的最佳方式。

第 13 章

在线小说获取收益全流程分析

——从签约到完结

本章重点讲在线小说签约成功后的一系列获取收益之路。其实，在线小说签约前的收益获取几乎可忽略不计，唯一可能存在的获取收益方式是部分读者给予的打赏。除此之外，在线小说没有其他的获取收益模式。但在线小说签约后就不一样了，因为签约后意味着有更多的机会和更多的待遇。

13.1　在线小说签约后全勤获取收益全流程

下面先来讲三个在线小说平台的全勤奖获得方式，再系统分析在线小说全勤奖的当下市场行情。

第一个平台，番茄小说网（见表 13-1）：

表 13-1　番茄小说网全勤奖金表

	全勤奖励条件	全勤奖励标准	全勤奖励金额
普通全勤奖	1. 更新满 10 万字的次月起 2. 作品当月番茄小说 App 内听读分成收益 ≥ 100 元	满足普通全勤奖励条件的自然月当月每日有效更新字数 4000 字及以上	600 元 / 月
进阶全勤奖	1. 更新满 10 万字的次月起 2. 作品当月番茄小说 App 内听读分成收益 ≥ 100 元	满足进阶全勤奖励条件的自然月当月每日有效更新字数 6000 字及以上	800 元 / 月

番茄小说的全勤奖主要分为两个档次，分别是普通全勤奖和进阶全勤奖。在这个平台上拿全勤奖有一个要求：在番茄小说 App 内听读分成收益一定要大于等于 100 元。只有达到这个要求才能获得全勤奖，分为 600 元 / 每月和 800 元 / 每月；而 600 元 / 每月和 800 元 / 每月的全勤奖对应的有效更新字数也不同，一般日更新字数在 4000 字以上可以获得 600 元奖励，日更新字数在 6000 字以上可以获得 800 元的奖励。

第二个平台，纵横小说网（见表 13-2、表 13-3）：

表 13-2 VIP 全勤档位明细

VIP 全勤等级	每日有效 VIP 章节更新字数	月有效 VIP 章节更新总字数	全勤奖 / 元
VIP1 级	3000	10 万字	300
VIP2 级	6000	18 万字	800
VIP3 级	10 000	30 万字	1500
VIP4 级	15 000	45 万字	2000

表 13-3 非 VIP 全勤档位明细

全勤等级	每日更新字数	当月更新字数	全勤奖 / 元
1 级	3000 字	10 万字	300
2 级	6000 字	18 万字	600
3 级	10 000 字	30 万字	1000

纵横小说网的全勤奖非常复杂，它是所有平台中获取收益门槛偏低的，只要你的在线小说能够签约，就有很大概率获得全勤奖。全勤奖分为 VIP 全勤档和非 VIP 全勤档，也就是基础签约型和上架后的 VIP 收费型全勤奖，没有额外限制，只要完成每月的更新字数任务即可。当月更新字数在 10 万、18 万、30 万和 45 万字以及满足每日更新字数分别在 3000 字、6000 字、10 000 字和 15 000 字不同档次，就能获得不同奖励。比如：

你的一本在线小说签约后没有上架，日更字数在 3000 字左右，当月更新字数在 10 万字，满足标准就可以获得当月的全勤奖，一般为 300 元。但如果这本书已经 VIP 上架，VIP 上架后的章节中每日有效更新字数在 15 000 字，月有效 VIP 章节更新总字数在 45 万字以上，那么你就可以获得全勤奖 2000 元。

第三个平台，书旗小说网。稿费标准如表 13-4 所示：

表 13-4 书旗小说网稿费标准

星尘等级	星石等级	星云等级	星河等级
2 元 / 千字	5 元 / 千字	15 元 / 千字	20 元 / 千字

书旗小说网的稿酬是按照字数计算的，并且单价是按照作者的档位来，比如零门槛每千字 2 元，如果等级是星石、星云或星河，创作者千字的标准分别是 5 元、15 元、20 元。如果你按照最高标准每千字 20 元，日更新字数是 1 万字，那么一个月下来的基础全勤奖金就能够达到 6000 元。不过，一般极优质的在线小说创作者才能够享受到奖励扶助，普通在线小说创作者基本不可能。

13.2　在线小说签约后上架获取收益全流程

各大在线小说平台上架的标准虽然不同，但都有相似之处。比如你写了一本在线小说，在线小说题材是玄幻，投递到某平台。平台编辑看着不错，决定跟你签约。签约后就能直接上架吗？并不是。签约和上架之间还有很长的一段路要走，一般情况下需要满足两个条件才可以上架（见图 13-1）。

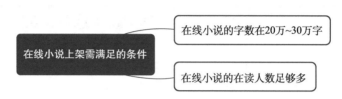

图 13-1　在线小说上架需满足的条件

第一点，在线小说的字数在 20 万～ 30 万字。对于普通在线小说来说，免费阅读的字数越多就越有利，如果在线小说写作才 5 万字就急着上架，很难引起读者的阅读兴趣，也很难让读者付费阅读。

第二点，在线小说的在读人数足够多。一般情况下，在线小说最起码有 1 万个人在读，最低不能低于 1000 人。如果这本在线小说在写作过程中已经有了 30 万的文字基础，但阅读人群只有一个人，那么即便上架也不会带来任何成绩。一个人就算付费阅读也无法给你带来利润，除非编辑能够承诺上架后给你连续 4 次以上强推。

为什么我一直在说在线小说的在读人群非常重要？首先要明白在线小说上架是怎么回事。一般情况下，在线小说签约后能获得的收益只有全勤奖。什么时候才能获得读者阅读收益呢？在在线小说上架后。这里指的是付费在线小说，而不是免费在线小说。对于部分付费在线小说来说，一旦上架就意味着读者在阅读到第 30 ～ 500 章后就无法再免费阅读了，想要继续阅读，只能付费阅读。

所以在一般情况下，在线小说字数在 30 万字以内或 20 万字以内是不太建议上架的，编辑也要考虑绩效问题——如果某本在线小说上架并不能带来收益编辑也要承担连带责任。但有一些情况比较特殊，比如一些成名作者写的在线小说、一些有黏性的在线小说和知名度较高的在线小说，为了实现利益最大化，可能在字数 5 万～ 20 万字上架。这种情况属于作者与编辑沟通后的提前上架，不在本书的分析范围内。

另外，对于大多数的平台，上架这件事是平台赋予编辑的权限。在线小说在签约后获得良好成绩，编辑会酌情给予上架（见图 13-2）。

图 13-2　在线小说字数少时上架的特殊条件

　　如果一本在线小说在签约时作者已经加了编辑或责任编辑的 QQ 号，那么上架的时候编辑会通过 QQ 直接与作者沟通，但如果这本在线小说已经写了 50 万字，编辑却仍然没有上架的意思，作者可以私下问一下编辑原因（见图 13-3）。

图 13-3　字数多但没有上架的原因

　　原因无非是两种：一种是在线小说数据太差，以至于编辑都放弃了，即便能上架也不愿意给予上架，怕浪费上架资源；另一种是编辑把作者忘了，尤其是在年底或者寒暑假的时候，编辑工作繁忙，每天处理的信息量大，忘记一两个人属于正常情况。所以在线小说上架后作者要多和编辑沟通，确认上架事宜。

　　上架获取收益可能存在两种极端情况（见图 13-4）。

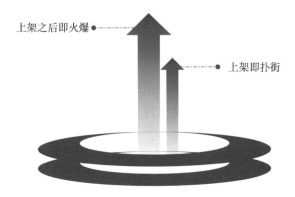

图 13-4　上架获取收益可能存在的两种极端情况

　　情况一，上架即扑街。这种情况一般是由作者导致的。由于作品质量一般，在线小说上架后只有几百个人读。想靠几百个人养活一位在线小说创作者简直难如登天，所以即便在线小说上架了也没有办法获得好成绩，所谓的人气推荐除外。

情况二，上架即火爆。一般情况下，在线小说上架后可能会遇到首页主站强推、App 精选页面新书强推、App 精选页面分类精品强推。经过 2～3 轮的高频次推荐，这本在线小说"封神"的概率也是有的。但问题的关键在于这样的在线小说机遇难得，因为毕竟读者群体有限，而平台能够给予的推荐位也有限。

这里的读者群体有限，包括所有平台。毕竟，一个大平台同时在线几百万读者，他们的精力也是有限的。几百万读者中，每人可能喜欢读的书就是 1～2 本，如果同时追更 3～5 本甚至 8～10 本，必然会有其中几本慢慢被冷落，不再追更。这就意味着当平台给予在线小说推荐的时候，你一定要把握住第一次推荐机会，且有能够说得过去的成绩，才会有第二次推荐，第三次推荐，以及后续持续不断的推荐。

虽然一些平台对外宣称推荐是由系统判定或由机器判定的，人工不再参与，但其实这只是外交辞令罢了，编辑如果连这点权力都没有，如何培养手下的在线小说创作者？如何给在线小说创作者提供更大的权益？

13.3 免费在线小说与付费在线小说收益区分

在线小说的阅读方式可以分为两类：一类是免费阅读在线小说，另一类是付费阅读在线小说（见图 13-5）。

免费阅读在线小说

付费阅读在线小说

图 13-5 在线小说的阅读方式

付费在线小说获取收益的最大逻辑是平台两头通吃，以维护平台运营的平衡。比如读者读一本在线小说，读到一半的时候读不了了，就只能花钱充值去阅读。读者充值的这部分钱中，平台会返给作者一部分，自己截留一部分，然后用截留的这部分钱培育优秀的在线小说创作者，以实现在线小说网站发展的良性循环。

免费在线小说是如何获取收益的？

第一种，读者群体迅速涌入。现在，愿意为在线小说付费的人越来越多，但是不愿意为在线小说付费的群体也大有人在。这部分人要么是青少年，自己兜里没有钱；要么是中老年人，早些年读免费书刊，就形成习惯了，现在你让他们读在线小说还要花钱，他们就不能理解了。

每个人的消费习惯不同，就会导致任何一种发展模式都有市场，免费在线小说也是如此。大部分读者愿意读免费在线小说，那么免费在线小说平台就会应运而生；而对于平台来说，只要有人，就有获取收益的方式。

第二种，广告收益。绝大多数的免费在线小说平台，尤其是正版在线小说的免费平台，读者每读 2 章可能会自动弹出一个广告，每读 3 章或者 5 章时会弹出一段视频，每读 10 章到 20 章时可能会硬性要求读者观看某一小段广告。

这部分广告收益中，平台自己会拿一部分，剩余的广告收益分配给在线小说创作者，让其在创作在线小说的时候获得足额利润。

第三种，衍生收益。对于在线小说平台来说，只要有一位在线小说创作者一书"封神"，其带来的额外利润就会超乎想象。衍生收益包括但不限于把在线小说转变为有声作品，把在线小说转变为游戏、电影、电视剧、短剧等多种形式，以全方位立体获取收益（见图 13-6）。

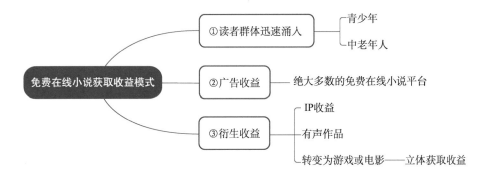

图 13-6　免费在线小说获取收益模式

综上所述，其实免费在线小说的逻辑和付费在线小说的逻辑在某种程度上是有相似之处的。即平台推出一位在线小说"大神"，平台和在线小说创作者都会赚钱。这就保证了各大平台在运营的过程中尽量公平公正客观，平台是以赚钱为目的的，同时平台希望在线小说创作者也能赚到钱。

13.4　在线小说打赏收益全流程

在线小说打赏是唯一横跨签约前、签约后、上架前、上架后、完结前以及完结后的全流程且能够获得收益的模式，这种收益获取难度极高。先讲解一下什么叫作在线小说打赏。简单来讲，你写了一本在线小说，质量非常好，读者越读越欣赏，读到最后难以自已，非要赏你几元钱或者几千元钱，这种行为叫作在线小说打赏。

除此之外，还有一些特殊情况。比如为了争夺打赏金额之最，两位"土豪"或

"金主"纷纷摁下打赏键，这种情况一般以知名度较高的在线小说创作者为主。

在线小说想获得打赏，一般需要具备以下几个条件（见图 13-7）之一。

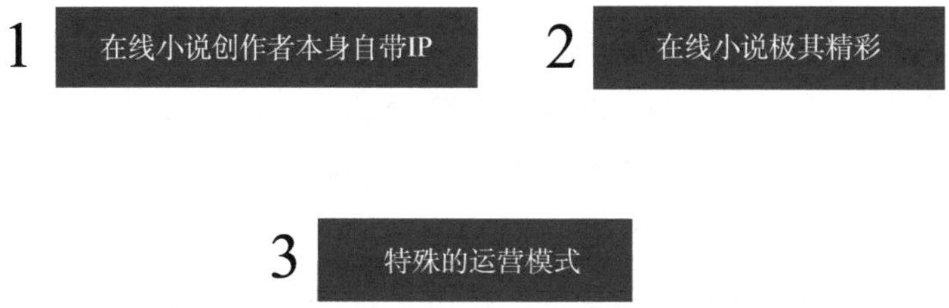

1 在线小说创作者本身自带IP   **2** 在线小说极其精彩

3 特殊的运营模式

图 13-7　提高在线小说打赏率的方式

第一个条件，在线小说创作者本身自带 IP。

比如你在过去几年时间里写过 3 ～ 5 本优秀在线小说，且拥有 1000 名以上的优质粉丝——这部分粉丝属于死忠粉，只要你进行在线小说创作，你就能收到打赏。这需要漫长时间的在线小说运营以及 IP 人设打造，让读者认为给你打赏是值得的。

第二个条件，在线小说极其精彩。

只要在线小说足够精彩，读者读完之后就会忍不住打赏，以激励作者持续更新。

第三个条件，特殊的运营模式。

当下阶段在线小说的运营模式是非常复杂的，尤其是某些自媒体矩阵参与其中，可操作空间就更大了。比如一本在线小说明明写得很一般，但是通过自媒体矩阵在抖音、快手等短视频平台上的额外宣传，吸引了一部分读者群体，而这部分读者群体觉得书中的某一章写得特别棒，以至于会主动搜索你所在的在线小说平台给予打赏。

关于在线小说打赏的利润分配方式，下面我会举例说明：

比如你在某个平台进行在线小说创作，某位粉丝直接给你打赏了 1000 元，这 1000 元你是全部放在自己的兜里面，还是需要拿出一部分和平台分成呢？不同平台有不同要求，一般平台都会对外公示。大部分平台分成以五五分、六四分、七三分为主，无论哪种分成方式都需要满足一点：在线小说创作者获得的利润要在 50% 以上。

在线小说打赏是小概率事件，只有那些"一战封神"的在线小说创作者才有被打赏的可能，而对于部分萌新内容创作者，想被打赏简直难如登天，所以平台也不会对打赏太过苛责。但是你要注意一点，在线小说平台的打赏涉及纳税问题（见图 13-8）。

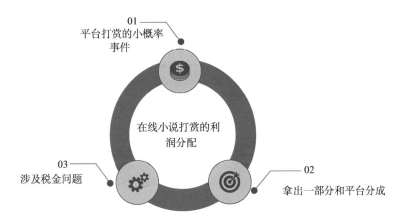

图 13-8　在线小说打赏的利润分配

13.5　在线小说完结后获取收益全流程

在线小说完结之后，是否就意味着没有任何收益了呢？

不是这样的。我认识的一位作者现在每年仍然能够从一本完结的在线小说中获得3000元左右的额外收益，所以说一本在线小说的内容完结并不意味着这本在线小说的收益完结。

在线小说完结之后，在理论上还存在两种收益模式（见图 13-9）。

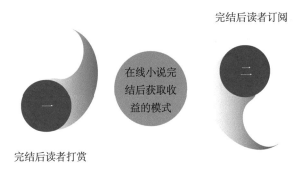

图 13-9　在线小说完结后获取收益的模式

1. 完结后读者打赏

在线小说完结后也会有收益，比如读者打赏。我们要注意：所有的在线小说都有一个趋势，越是到快完结的时候，读者打赏就会越多。一般地，在线小说创作者创作的内容越多，读者群体就越庞大，而部分读者本身就"不差钱"，他们愿意为在线小说买单，也愿意支持在线小说良性发展——想让优秀的在线小说创作者持续不断地深耕在线小说，需要有读者付费阅读，需要有读者打赏（见图 13-10）。

图 13-10　在线小说完结后收益的特点

在线小说完结后，准确地说是在完结前一个月和完结后的几天里收到的打赏会比较多，但这并不意味着在线小说完结后一周左右就没有打赏了，还是有的。一些读者比较认可在线小说创作质量，虽然在线小说已完结，也会不禁打赏一些。

2.完结后读者订阅

在线小说完结后，作者每个月仍然能够有 2000 ~ 3000 元的收益。其中很大一部分来自读者继续订阅。

在线小说写作还有一个"潜规则"：在线小说更新字数越多，获得的收益越高；在线小说更新字数越少，获得的收益越低。写在线小说和出版社出书的获利方式是截然不同的，因为在线小说越写到后期读者越多，读者越愿意订阅打赏，而平台也越愿意推荐这本在线小说。

13.6　在线小说获取收益的其他可能性分析

除了以上两种收益，在线小说可能还有两种收入，这两种收入才是在线小说获取收益的重头戏（见图 13-11）。

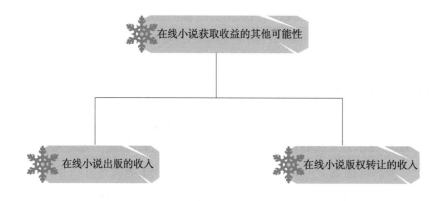

图 13-11　在线小说获取收益的其他可能性

1. 在线小说出版的收入

优质的在线小说是大有机会公开出版的，例如《明朝那些事儿》《盗墓笔记》等。在线小说出版后的利润分配，能让在线小说创作者获得一部分收入。

2. 在线小说版权转让的收入

在线小说一旦能够出版，就意味着同时可以完成周边售卖、游戏版权、影视改编等各种复杂市场获取收益，而这部分市场获取收益由作者和平台签订的合同分配利润。

当然，因为涉及利润问题，一些作者很可能会和平台有小摩擦，但这部分问题不大。平台为了保证口碑，同时把出书作者打造成其他在线小说创作者的榜样，会在一定条件下妥协。再者，作者能够有如此大的成绩和平台早期的大力度推荐有着密不可分的关系，因此，作者应把握住合作双赢的机会，没必要把关系搞得太僵，想办法让自己的利益最大化才是王道（见图 13-12）。

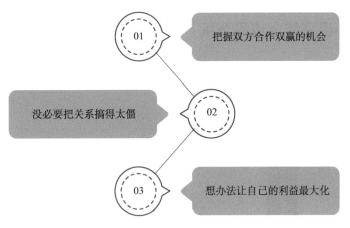

图 13-12　与平台涉及利润问题的解决思路

本章从严格意义上说，不是教大家写作技巧的，而是教大家在线小说运营的。在正式讲述之前我问大家一个问题：这本在线小说写完后，你还准备写下一本吗？如果你准备写下一本在线小说，那么本章必看，因为它是在线小说运营的精华，也是写作新手成为优秀在线小说创作者的必经之路。

14.1 在线小说完结全流程分析

在线小说完结之前，一般有以下几种情况（见图14-1）。

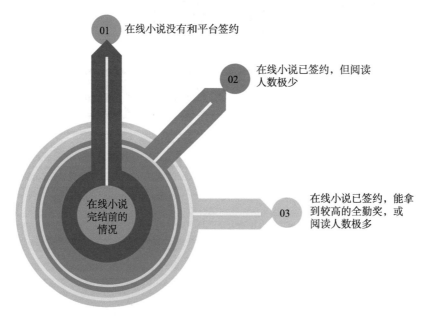

01 在线小说没有和平台签约

02 在线小说已签约，但阅读人数极少

03 在线小说已签约，能拿到较高的全勤奖，或阅读人数极多

在线小说完结前的情况

图14-1 在线小说完结前的三种情况

情况一，在线小说没有和平台签约。既然在线小说没有签约，在完结的时候你完全可以自己做主，甚至可以在写到第二章、第三章的时候直接把这本在线小说更文状

态改成完结，不需要和任何人沟通。因为你没有从平台获得收益，所以你不需要对平台负责，只需要保证自己上传的内容合理、合法、合规，符合平台的规范。

　　这种被创作者直接完结的在线小说是有硬伤的，因为你在在线小说创作的过程中一没有签约，二没有拿补贴，三没有被推荐（见图 14-2）。所以，这类在线小说一般是单机阅读，不需要做高效引流。

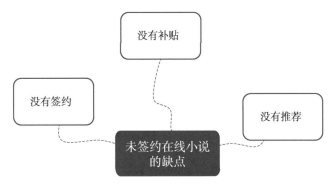

图 14-2　未签约在线小说的缺点

　　情况二，在线小说已签约，但阅读人数极少。在线小说签约后，并不意味着马上能赚大钱。在线小说在签约的过程中会涉及一系列复杂问题，比如在线小说归类、上架推荐等。其中一项工作没有做好，就有可能导致在线小说虽然签约了，但是没有几个人阅读。

　　在这种情况下，你需要和编辑说一声，说自己断更了或者自己完结了，编辑就能心领神会，以便做后续处理。

　　情况三，在线小说已签约，能拿到较高的全勤奖或阅读人数极多。在这种情况下，如果你随意断更或更改在线小说创作完结状态，是有一定风险的。为了规避风险，很多平台在合同中明确提示：在线小说完结前需要和编辑沟通一下。

　　这一点也可以理解。

　　在在线小说创作的过程中，你实在感到写作吃力或创作灵感枯竭而难以为继，再或者已经到了在线小说大结局的时候，要提前对编辑说一声，这是创作的基本礼节。这样做的好处有两点。

　　第一点，告诉编辑你的在线小说创作已经告一段落，让编辑知道你是个做事情有始有终的人。

　　第二点，出于私心，一般在这种情况下，编辑会告诉你一些发展规划或者在线小说发展理念，以及你接下来的创作选题、应该怎样创作，有时候编辑的三言两语就足以拨开云雾，让你在之后的创作过程中事半功倍。

　　最后，你要明白，在线小说完结后，这本在线小说原则上就没必要再次更新，如果想再次更新，需要联系编辑。

14.2　在线小说完结前如何高效引流

在线小说要完结了，为了实现个人利益最大化，在不违反平台规定、不违法违规的前提下，在线小说创作者可以有一些特殊操作（见图14-3）。

图 14-3　在线小说完结前的高效引流

特殊操作一，公域转私域。

你可以在在线小说的结尾处留下公众号，或者把公众号名改为在线小说作者名。这一操作可以把人群从公域引到私域，这是至关重要的一步。

特殊操作二，公布自己的新作品。

在线小说创作最忌讳的是等到老读者群体把你忘记了，你再公布自己的新作者。没有老粉丝捧场，对创作者来说是非常大的损失。

如图14-4所示，一本在线小说在完结的过程中，如果有1万粉丝，按照10%的转化率估计，最起码会有1000人在跟着节奏；如果有10万粉丝群体，最起码开始有1万人在跟着节奏，这是非常可观的阅读基数。

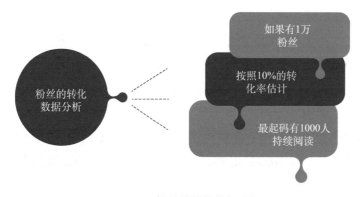

图 14-4　粉丝的转化数据分析

这部分粉丝已经读过你第一本在线小说，属于经过筛选的优质读者，他们发挥的效益非常大。也就是说，在没有写新书之前，你将会有数千人的黏性粉丝群体。

14.3　在线小说"老带新"整体节奏问题

为了说清节奏问题，我先举一个简单案例：

你有一本在线小说，今天就可以完结，你在最后一章告诉大家：自己在起点、逐浪等平台会更新一本在线小说，更新时间是在三个月之后，希望大家多多关注。你觉得读者会去看吗？答案是否定的。读者的耐心是有限的，不要说三个月，即便是三天后，去看的读者也少之又少。

这就涉及基础节奏问题。为了避免空档期出现，在你的第一本书即将完结的这一个月时间里，你需要准备两本在线小说。所以，你在创作第二本在线小说之前就要预存第一本在线小说的稿子，从而为你创作第二本在线小说抢出时间（见图 14-5）。这一个月的精力耗费是非常大的。但只有如此，你才能保证"老带新"不出问题，才能保证效益最大化。

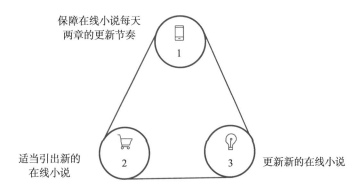

图 14-5　在线小说"老带新"的整体节奏

14.4　在线小说"老带新"换平台问题详解

写在线小说换平台时，会出现新的问题：

比如你第一本在线小说是在起点平台写的，但是在你准备写第二本在线小说的时候，逐浪平向你发出了高薪约请，说一个月能给 1 万元的全勤奖金。

在这种情况下，你去逐浪平台写在线小说可以吗？当然可以。不过，你在换平台的时候一定要小心，防止在在线小说完结后与老平台闹得不愉快（在写给粉丝的新书预告中，你可以用字母替代新平台的名称，或只写新在线小说的名字），毕竟在线小说完结并不意味着收益完结，实际情况是在线小说完结后你的收益仍然在老平台持续稳步增加。

还有一个问题，在在线小说创作的过程中持续且频繁换平台有坏处吗？坏处当然有：第一，你没有办法和固定编辑搞好关系；第二，你没有办法和固定平台形成深度链接（见图 14-6）。

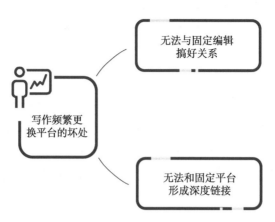

图 14-6　写作频繁更换平台的坏处

站在平台的角度讲，平台更愿意耗费大量的资源培养忠实的在线小说作者，况且不同平台的利润差不会超过 1000 元。在线小说作者频繁地更换平台，对在线小说创作来说只有坏处，没有好处。

第 15 章
普通在线小说创作者的心路历程

大多数在线小说创作者在写作的过程中，会经历三种心态变化（见图 15-1）。

图 15-1 在线小说创作者的心态变化

第一种是未获得成绩的自卑心态。作为新手，你的在线小说写了一段时间，而且做了很多的功课，准备了很多的资料，但仍然没有签约或签约之后没有成绩。出现这种情况的原因有二：其一，你的写作方向错了；其二，你的创作方向虽然是正确的，但个人缺少韧性，没有坚持住。

这段时间在线小说创作者很容易产生自卑心理，认为自己不行，没有办法做出好成绩。这个时候，你需要给自己加油打气，认为自己行、自己很优秀，然后不断地给自己心理暗示，同时不断深耕，争取拿出好成绩来。

第二种是取得成绩后沾沾自喜。你的在线小说拿到了不错的成绩，比如和某个平台签约，每个月有 3000 元的保底收入，再或者这本在线小说一个月净利润超过了 5000 元，甚至超过了 1 万元。在这段时间里，你可能会想当然地认为自己的在线小说收益本该如此，开始沾沾自喜。这种心态也是不健康的。

在线小说创作者拿到成绩后，需要端正心态、加强学习、努力提高写作水平，借助这个势头继续往上攀登，取得更大的成绩。

第三种是在线小说创作陷入瓶颈期的无奈。你的在线小说创作遇到瓶颈，收入到了一定额度也很难提高，你会因此而苦恼。

这个时候，你就需要破局：一方面保持积极向上的心态；另一方面要学习别人是如何写出优秀的在线小说的，自己在哪些方面需要稍微变通一下（见图 15-2）。

图 15-2　在线小说创作陷入瓶颈期的应对方式

　　只要完成这三次心态蜕变，从某种程度上说，你就算不能成为在线小说行业的顶尖创作者，也能成为优秀的在线小说创作者。在线小说获取收益这条路从来不是短期内就能完成的，而是需要将理论与实践有机结合，慢工出细活，一步一步往前走。

　　在本书的最后，我由衷祝愿每一位在线小说创作者都能写出优秀的在线小说，拿出漂亮的成绩！